Fan ファン文庫 TearS

10年後、きみに今日の話をしよう。

沖田円 著

マイナビ出版

目次

十七歳　九月

夏休みが終わったばかりで、ただでさえ憂鬱《ゆううつ》だった九月の始まり。まだ休みの気分が抜けないままどうにか授業をこなし、開放感に包まれながら帰宅した僕を出迎えたのは、飴玉《あめだま》みたいな丸い目をした小さな女の子だった。

「あおしくん?」

女の子は、僕を見上げながらそう言った。呼んだのはまさしく僕の名前だった。でも僕の口からは、ハイでもイイエでもなく「へ?」という間の抜けた声しか出なかった。

この子どもは、どこの誰だ?

知らない子だ。心当たりもない。なのに僕の家にいて、僕の名前を知っている。この子は一体何者だろう。

状況を理解できないまま、きらきらという効果音が聞こえてきそうな瞳をぽかんと見つめ返していた。そんな僕に、

「おかえり蒼士《あおし》」

という、どこか懐かしい声が届く。

姉がいた。

僕の記憶の中の姿よりも、随分大人びて、冷めた表情を浮かべながら。六年半前に家を出て行ったきり、どこで何をしているのかもわからなかったのに、まるでずっと

ここで暮らしていたかのように、当たり前な顔で立っている。

この世で唯一血を分け合った、けれど僕が、この世で一番遠くに感じている人。その人は——僕の姉ちゃんは、僕の目の前にいる謎の女の子の頭を撫で、

「わたしの娘」

確かに、そう言ったのだった。

◆

平凡という言葉を擬人化《ぎじんか》したら僕になると思っている。

出ない杭《くい》は打たれることもなく、かといって凹《へこ》むこともなく。平坦な日々こそが僕の日常であり、僕という人間そのものであるのだ。

「なあ蒼士、進路希望の紙もう書いた？」

弁当を食べ終え、午後の授業の教科書を用意していると、清高《きよたか》が一枚のプリントを持って僕の席までやって来た。指でつままれた皺《しわ》だらけのプリント——始業式の日に配られた進路希望調査票は、まだ名前の欄すら空白のままだった。

「書いたし、もう出したよ」

「えっ！　いつの間に……」

「プリント貰ったその日に」

「まじかよぉ。おれまだ全然決まってないのに。どうしよ」

僕も同じように白紙でいると期待していたのだろう清高は、お手本のように綺麗にがっくりと項垂《うなだ》れた。しかしすぐ顔を上げ、近くにいたクラスメイトに声をかける。

「なあ、みんなももう書いた？」

結論から言うと、書いていた。

提出期限が今日とあって、他のクラスメイトたちもほとんどが記入済みだった。迷わず書いたという奴もいれば、ついさっきようやく空白を埋めた奴もいる。一応進学校と謳《うた》っているこの学校では就職を希望する生徒はほぼいないが、進学先は四年制大学だったり短大だったり専門だったり。学部も人によって様々で、各々の理由があり、進路を決めている。

「ひでえよ……おれだけ置いてきぼりにして」

まっさらなプリントを握り締め、清高が僕の机に突っ伏した。下敷きにされないように、僕はすんでのところで机の上の教科書をさっと退《ど》けた。

「ひどくはないよ。清高のほうだろ、駄目なのは」

「なんだよ蒼士！　おれの味方してよ！」

「だってもう渡されてから一週間経ってるし。そりゃみんなそれなりに書いてるって」

「いや、いやいや、おれだってなんにも考えてなかったわけじゃないからね。別に忘れてたわけじゃないから」

「まあ、そういうことにしといてやるけど」

清高が忘れていたことは、おそらく鞄か机の奥底に押し込まれていたのだろう皺だらけのプリントが物語っていた。けれど僕は清高の名誉のため、そこには触れないであげることにした。

「でも珍しいよな」

と言うと、清高が顔を上げ「何が？」と首を傾げる。

「だって、清高なら時間なくたって、迷わずあっという間に決められる気がする。悩んでるのが意外だよ」

普段から将来やりたいことなんかをよく話している奴だ。他の友達とも一緒になって、現実的なことから呆れるような夢物語まで、大なり小なりいろいろと。その内容に合わせた進路をそのまま書けばいいだけだと思うのだが。

「そりゃ悩むだろ。だってやりたいことありすぎて決まんないんだから」

「ああ」

そういうことね、と僕は呟《つぶや》いた。なるほど、だったら清高らしい。

「大学行ってみたいけど、進学以外でも楽しいことできそうだし。それに第一志望って言ったって何が一番かわかんないじゃん。そもそも三つしか書けないのも少なすぎ！」

「とりあえず適当に書いとけよ。二年の今なんてまだはっきり決める必要ないんだし、なんでもいいから出しときゃいいんだって」

「なんでもって？　そういうもんかなあ？」

清高が眉を八の字にする。

「決まんないなら、とりあえず僕と同じとこ書いとく？」

哀れな親友の姿に、溜め息まじりにそう言った。清高は上目で僕を見ながら、下唇をむっと突き出す。

「でもそれは、蒼士の希望であって、おれのじゃないじゃん」

「白紙で出して先生に叱られるよりましだろ」

「ううう……」

清高が僕の筆箱からシャーペンを取り出した。名前の欄に『二年四組二番井口《いぐち》清高』と、女子みたいな丸文字で記していく。

僕が教えた大学名を、清高はそっくりそのまま真似《まね》して書いた。第一志望は県内の公立大学。第二志望は遠方の公立大学で、第三は近場の私立大学。学部は文系の中で、なるべく就職に困らなそうなところを選んだ。

どこも一流には遠いが、それなりに勉強しておかなければ入れないくらいの大学だ。とはいえ今の僕の学力なら、成績をキープできさえすれば入るのにそう苦労することはないだろう。

身の程を弁《わきま》え、落ちこぼれもしないように、可もなく不可もなく生きてきた。おかげで進路も可もなく不可もなく、ちょうどいいところを決められる。

「蒼士はなんでこの大学にしたの？」

三番目を書いていた清高が、手を止めて顔を上げた。

「別に、大した理由なんてないよ。父さんが前に薦めてたところだから、他に行きたいところもないし、書いただけ」

「ふうん。じゃ、おれのじゃないけど、蒼士の希望でもないってことか」

清高は続きを書いていく。僕は、僕の提出したものとまるっと同じ清高の進路希望を見ている。

「僕は、将来の希望とか夢とか、とくにないし。安定したところに就職できたらそれでいいから、大学も、普通にそれなりのところに入れたらいいよ」

ふうんと、もう一度清高は呟いた。つまらない人間だ、なんてことは、今さら思われないだろう。僕が平凡を求め、将来に期待せず、夢なんてものを語りたがらない人間であることを、昔からの友達である清高はとっくに知っている。

そんな僕のことを、清高がどう思っているのかはわからないけれど。どう思われていたところで僕は僕を変えられないし、これでいいのだと、そう思っている。


部活をやっていないから、授業さえ終わればもう学校に用はない。

別に学校が嫌いってわけじゃないけれど、だからと言って理由もなく居残るほど好きなわけでもない。だいたい僕はいつも、帰りのホームルームが終わった直後には鞄に荷物を詰めて、まだ賑《にぎ》やかな教室を颯爽《さっそう》と出て行く。

とくに今は楽しかった夏休みの気分がまだ抜けきっていないから、とにかくさっさと学校から解放されたかった。ようやく授業が終わったのだ、早く帰って好きなことをしたい。ゆっくりと、自由な時間を過ごしたい。

「清高、僕帰るけど」

家が近い清高とは、一緒に帰ることが多い。約束しているわけではないから、僕が帰り際に声をかけて、清高のタイミングが合えばふたりでって感じだ。

「あ、おれも帰る。てか、母ちゃんに今日蒼士を連れて来いって言われてたんだった」

「そうなの？」

「親戚んちから野菜がいっぱい届いてさ。そん中にでっかいカボチャがあって、めっちゃ甘くてうまいから蒼士んちにもお裾《すそ》分《わ》けしようってって」

「カボチャかあ。母さんが喜びそうだな」

「ついでにこないだのゲームの続きやろうぜ」

「うん、やるやる」

清高が大きなリュックサックを背負う。僕は母さんに「清高の家で遊んでいく」とスマートフォンからメッセージを送った。返事を待たないまま、まだ残っているクラスメイトたちに挨拶をして、僕らは放課後の教室を出て行く。

学校と家との距離は自転車をのんびり走らせて二十分ほど。自宅から二番目に近い場所にある高校で、絶対に電車通学をしたくなかった僕は、通いやすさを理由にこの高校を選び、進学した。もちろん学力が自分に合っていたというのもある。一番近い高校は、僕の内申点ではとても入れそうになかった。

清高の家と僕の家とは徒歩で行き来できる距離しか離れていない。学校からだと、僕の家への帰り道の途中、ちょうど道草しやすいところに清高の家がある。

「あ、悪い蒼士」

清高の家に着き自転車を降りると、清高が玄関のほうを見ながら眉を寄せた。

「今日習い事ない曜日だからみんな揃っちゃってるわ」

「そうなんだ。別にいいよ、慣れてるし」

「まあそうだよな。つか夕飯も食ってけば？　今日蒼士来るって思ってるから、どうせ母ちゃん多めに作ってるはずだよ」

「うーん、おばさんがいいなら、そうしよっかな」

と言ったところで、鞄の中から音が鳴った。スマートフォンを取り出すと、母さんからメッセージが届いていた。内容を読んで僕は首を傾げる。

「清高、ごめん。今日やっぱ遊ばずに帰る」

呟くと、清高が不思議そうに振り返った。

「そうなの？　用事でもできた？」

「や、なんか、よくわかんないけど、母さんが早めに帰ってこいって」

「え、蒼士のおばさんあんまそういうこと言わねえじゃん。なんかあったのかな」

「さあ。大事《おおごと》だったら電話くるはずだから、なんかあったとしても大したことないと思うけど」

理由までは書かれていなかった。が、清高の言うとおり、うちの母さんが僕の行動に何かを言うのは珍しいから――そもそも放課後に遊ぶ相手はよく知った清高くらいで、僕は夜遊びもしないけれど――少し気になり、母さんの言うとおりにすることにした。

「じゃあさっさと渡すもんだけ渡すわ。あいつら蒼士がいるとすぐ遊びたがるからな、捕まる前にちゃんと逃げろよ。捕まると面倒だぞ」

嫌いな椎茸《しいたけ》を食べたときみたいな顔をするから、僕は思わず笑ってしまった。玄関のドアを開けると、外まで漏れ聞こえていた賑やかな声が、一層大きく響いてくる。

「ただいまぁ」

スニーカーを脱ぎながら清高が言う。すると、どこからともなく「おかえり」という声がいくつも聞こえた。廊下の奥から清高にそっくりの小さな顔がひょこりひょこりと顔を出す。その中のひとりが僕を見つけ「蒼士くんだ！」と声を上げた。

「こんにちは」

「こんにちは！　ねえ蒼士くん見て！　おれこないだここクリアしたんだけど」

とゲーム画面を意気揚々《いきようよう》と見せようとしてくるちびっこを、清高が片手で制止する。

「蒼士は今日は遊びません。野菜取りに来ただけ」

「えぇえ！　そうなの？」

「うん。すぐ帰るよ」

「えー！」

あからさまにしょぼんとする小学五年生の頭を撫でてやる。その間に清高は「待っててて」と僕を玄関に残し、家の中へと入っていく。

清高の家からは、どたばたと誰かが走り回る音と、泣き声か笑い声か区別のつかない叫びが常に響いていた。そりゃ、わんぱくまっさかりの子どもたちが六人もいれば、これだけ騒がしくなるのも当然だ。

井口家の六人兄弟は十七歳から三歳までの四男二女。みんな見事に外見も中身もそっくりで、『喧嘩《けんか》するほど仲がいい』の見本のような兄弟だった。一番上の清高は、僕にこそ鬱陶《うっとう》しがる素振りを見せるけれど、実際にはいつも弟たちと一緒になって遊んでいるし、なんなら兄弟の中で一番元気でうるさいくらい。子どもの扱いも上手くて、弟妹思いのいい兄ちゃんだと思う。

「あ、蒼士くんいらっしゃい」

台所に繋がる入り口から、清高のおばさんが顔を覗かせた。右手に持った包丁をぶんぶん振っている。

「カボチャ、すごく美味しいから食べてね」

「うん。ありがとう」

おばさんの後ろを通って清高が戻ってきた。手に持っているビニール袋は中身がいっぱいで、まるまるとした大きなカボチャだけでなく、柿や梨まで入っていた。

「うわ、こんなにいっぱい貰っていいの？」

「いいのいいの。本当にたくさん届いたからさ、むしろ貰ってくれって感じ」

「うちは僕と母さんだけなんだけど。食べきれるかな」

「食べきれなかったら清高に返品してぇ」

と、すでに台所に戻っていたおばさんの声だけが聞こえる。

清高のすぐ下の妹が二階から降りて来て、「あ、蒼士くんだ」と興味なさそうに言いながら台所に消えていった。間もなくおばさんの「つまみ食いすんな！」という怒鳴り声が響いた。

この家は僕の家とは全然違うな、と、清高の家に来るたび思う。僕の家は今も昔も、こんなふうに楽しく賑やかなときはなかった。

「じゃ、僕帰るね」

三歳児に纏《まと》わりつかれている清高にそう告げる。

「野菜ありがと。母さんがまだ夕飯作ってなかったら今日のおかずにしてもらう」

「おう、気を付けて帰れよ」

三歳の弟を抱っこしながら、清高が外まで見送りに出てきてくれた。僕は自転車の前カゴにビニール袋を突っ込み、その上に鞄を載せ、スタンドを蹴る。

「じゃ、また明日な」

「うん。また明日」

サドルに跨《また》がると、清高の弟がもみじみたいな小さな手を広げて「ばいばい」と僕に言った。僕は手を振り返して、錆びた自転車のペダルを踏んだ。


違和感には、家に着いてすぐ気づいた。玄関の前に自転車を置いていると、どこからか小さな子どもの声が聞こえてきたのだ。

初めは近所の家からの声だと考えた。数軒先に幼稚園児がいるから、その子の遊ぶ声がここまで響いているのだろうと。けれどカゴから鞄と野菜を取り出しながら、あれ、と思う。

この声、僕の家から聞こえていないか？

自分の家であるにもかかわらず、泥棒みたいに足を忍ばせ、引き戸の横にある郵便受けの蓋をそっと開けた。小さい子の笑い声が鮮明に届く。やっぱり、僕の家に子どもがいる。僕と母さんだけが暮らしているはずの、この家に。

心当たりはなかった。親戚に小さい子はいないはずだし、数軒先の幼稚園児のいる家庭も家に呼ぶほど親しくない。そもそも母さんは「お父さんがいないときに勝手に家に人を上げるのはよくない」という古風な考えの持ち主だから、お客さんを家に呼ぶこと自体がほとんどないのだ。

だったら今、家の中から聞こえているこの声は、なんなのだろう。

僕はカボチャ入りのビニール袋を片手で抱きしめ、恐る恐る戸を引いた。するとやはり子どもの声と、一緒になって楽しんでいるような母さんの声が、居間のほうから聞こえてくる。

「た、ただいまぁ」

後ろ手で戸を閉めながらぼそりと言うと、賑やかな声がぴたりと止まった。代わりにとたとたと足音がして、廊下をひとりの女の子が走ってくる。

「かえってきたぁ！」

清高の一番下の弟と同じくらいに見えるから、三、四歳といったところだろうか。

栗色の髪をふたつに結び、飴玉のような丸い目を大きく見開いているその子は、ひと

つ、ふたつ、大げさに瞬きをして、

「あおしくん？」

と、僕の名前を呼んだ。

「へ？」

つい間抜けな声を上げてしまった。どれだけ見ても、僕はその女の子のことを知らなかった。けれど女の子は、まるでここが自分の家であるかのように僕を出迎え、僕の名前を呼ぶのだ。

「あおしくんでしょ」

「あ、はい。えっと、どちら様でしょうか」

「真山麦《まやまむぎ》です！」

「むぎ？」

舌足らずな口調で美味しそうな名前を名乗った女の子は、小さな歯をめいっぱい見せながら笑った。

麦、という名前にも、聞き覚えはなかった。

でも偶然か、何かか。その子の名乗った名字は、僕のものと同じだった。真山蒼士。

それが僕の名前だから。

「……親戚かな？」

三歳くらいの女の子が身内にいるなんて聞いたことはないけれど。

とりあえず、家に入って母さんから話を聞こう。そう思い、スニーカーを片方脱いだ僕に、母さんじゃない、でもどこか懐かしい声が、呼びかける。

「おかえり蒼士」

僕は息を止め、麦のまん丸の目から顔を上げた。

いるはずのない人がそこにいた。

ラフなTシャツと細身のジーンズは、昔の好みと変わっていない。顔つきは、少しきつくなった気がする。痩せたのだろうか。でも、人を妙に惹きつける個性的な外見は健在だった。肩につかないくらいの短さだった髪は、胸元までの長さになっていた。

気怠《けだる》そうに腕を組み、廊下の暗がりから、その人は僕を見ている。

真山楓《かえで》——僕の、姉ちゃん。

「なんで」

思わずそう呟いていた。だって姉ちゃんがうちにいるはずないのだから。

六年半前、高校の卒業式の日に家を出て行ってから、一切連絡を寄越さず、一度も帰ってくることなく、どこで何をしているのかもわからなかった人だ。これから先だって、この家には二度と戻ってこないものだと思っていた。

その姉ちゃんが、目の前にいる。

「なんでって、何が？」

姉ちゃんは冷めた表情のまま首をこくんと傾げた。僕は瞼《まぶた》が壊れたみたいに瞬きを何度もしながら、「何がって」と、少し上擦《うわず》った声で答える。

「なんで、姉ちゃんがうちにいるんだって」

「いちゃいけないの？　わたしの実家なのに」

「でも、だって、ずっと帰ってこなかったじゃん」

「だから今日帰ってきた。それだけのことだよ」

僕は何も言葉を続けられないまま、ただ口を開いたり閉じたりした。頭の中は、この状況にまったく付いていけていなかった。

姉ちゃんが手招きをする。小さな女の子……麦が、はっとして姉ちゃんのそばに駆け寄り、足にむぎゅりとしがみつく。

麦の小さな頭を姉ちゃんが撫でた。嬉しそうに目を細める麦を、姉ちゃんは、ほんの少しだけ表情を柔らかくして見下ろしている。

「この子、わたしの娘」

もう一度僕に向き直った姉ちゃんは、さらりとそう言った。

「む、むすめ」

「そう。だから、あんたの姪《めい》っ子ってことね」

「姪、っ子」

衝撃的過ぎて、僕は姉ちゃんの言葉を繰り返すだけのロボットと成り果てた。

何も考えられない。何もかも急すぎて、受け入れるどころの話ではない。理解すらできない。

なんだって？　娘？　この女の子が？　姉ちゃんの？

娘って、子どもってこと？　姉ちゃんの子どもで、僕の姪？

姉ちゃん、子ども産んだの？　いつ、どこで、なんで？

……は？

「それで、蒼士。わたし今日から麦と一緒にここで暮らすから」

よろしくね、と言って、姉ちゃんは麦と一緒に居間へと戻って行く。

姉ちゃんたちの姿が廊下から消えて、ようやく僕は「は？」と口にした。

「ちょっと待って、何、意味わかんないんだけど」

慌てて履きっぱなしのスニーカーを脱ぎ飛ばして、姉ちゃんたちを追いかける。

居間には母さんがいて、その膝の上にちょこんと麦が座った。僕が小さい頃に読んでいた絵本が畳の上に散らばっている。姉ちゃんは、父さんの書斎に置いてあったはずのロッキングチェアに座り、縁側で大きなあくびをかましていた。

僕は敷居の上で仁王立ちして、普通なら日常だと思ってしまうような、けれど僕にとっては非日常の光景を見つめる。

一体なんなんだ、これは。

「おかえり蒼士」

呆然とする僕を母さんが見上げた。僕は救いを求める気持ちで母さんに訊ねる。

「母さん、どうなってんの？」

「どうって、楓が言ってたでしょ。楓と麦ちゃん、今日からうちで暮らすんだって」

僕は軽くよろけた。母さんは、麦のぽてりとしたお腹をぽんぽんと叩いている。

「暮らすって、嘘でしょ。そんな、急に」

「急だけど、麦ちゃんもいるんだから、追い出すわけにいかないでしょ。うちは部屋も余ってるし、楓が使ってた部屋も空けてあるし」

母さんは僕と違い戸惑っている様子はない。まるで僕だけがおかしいみたいに。

「……もしかして知ってたの？　姉ちゃんが帰ってくることも、子どものことも」

「ううん、知らなかったよ。今日楓がうちに来て、初めて知った」

「じゃあなんで、そんな普通に受け入れてんのさ」

「なんでって、だって、いいじゃない。家が賑やかになって」

ねえ、と母さんは麦に微笑みかける。母さんは駄目だと僕は悟った。よくわからないが、幼児に絆《ほだ》されてしまっているようだ。話にならない。

僕はわざと足音を立てながら大股《おおまた》で居間を横切り、縁側で寝こけている姉ちゃんに詰め寄る。

「なあ姉ちゃん、本気かよ。突然帰ってきてさ」

姉ちゃんはロッキングチェアに揺られ目を閉じている。返事はないが、僕は構わず言い募る。

「意味わかんないし、自分勝手すぎるよ。こっちの都合とか考えなかったわけ?」

「……」

「てかさ、子どもって何?　本当に姉ちゃんの子ども?　父親はどこにいんの?　つうか、姉ちゃん、今までどこで何してたんだよ」

いつの間にか鼻息が荒くなっていた。僕が肩で息をすると、姉ちゃんの瞼がうっすらと開き、気怠げな視線が向けられた。

「うるさい。そんなこと、いちいちあんたに言う必要はない」

「はあ？　ふ、ふざけんなよ！」

「静かにしなさい蒼士。麦ちゃんが怖がってる」

母さんの声にはっとして振り返る。麦が唇をぎゅっと噛み、今にも泣きそうな顔で母さんに抱きついていた。僕は自分が悪者になったように思い、口を噤《つぐ》んだ。その間に姉ちゃんもまた瞼を閉じてしまっていた。

ちこ、ちこ、と古い掛け時計の秒針の音が鳴る。

僕は、姉ちゃんと母さんを交互に見てから、大きく溜め息を吐いた。一歩足を踏み出すと、怖がっているのか麦が僕から顔を背けた。僕は気にしない振りをしながら、「ん」と持っていたビニール袋を母さんに突き出す。

「何これ」

「……清高んちから貰ってきた」

「あらま、立派なカボチャ。今度会ったらお礼言わなくちゃ。見て麦ちゃん、梨と柿も入ってる」

母さんが中身を見せると、一秒前までの感情をすっかり忘れたみたいに麦が満面で笑った。

「なし、すき！」

「そっかそっか。じゃあお夕飯のときに剝《む》いてあげようね」

「やったー」

小さな両手で梨を摑んだ麦は、ママ、と呼んで姉ちゃんに梨を見せた。姉ちゃんは片目を開けて「よかったね」と答えている。

僕は唇をむっと突き出し居間を出た。二階にある自分の部屋へ真っ直ぐ向かい、強めにドアを閉めると、朝起きたときのままの布団へダイブした。平べったい枕にぼふりと顔を埋める。

息を吐いた。どっかに穴でも開いて空気が漏れ出ているみたいに、体中から力がぷしゅうと抜けていく。

「……」

突然帰ってきた姉ちゃん。突然現れた、姉ちゃんの娘。

頭が付いていかない。意味がわからない。本当に、これからふたりともうちで暮らすのか？　僕は、一緒に暮らさなきゃいけないのか？

「……まじで、どうすんだよ」

自分から出て行ったくせに。今さら戻ってくるってだけでも受け入れにくいのに、そのうえ子どもを連れているなんて。はいそうですか、わかりました、なんてすぐに言えるはずないじゃないか。受け入れられるほうがおかしいだろ。

ああ嫌だ。どうなるんだ、僕は——僕の家は。

六年半前、姉ちゃんは、きっともう二度と戻らないつもりでこの家を出て行ったはずだ。僕も母さんも、父さんも、同じように思っていた。だから僕は、姉ちゃんはいないんだって思うようにしてやってきたのだ。静かに、平穏に暮らしてきた。なのにまた、姉ちゃんのせいで抱えなくていい悩みが増える。いつも。いつもいつも僕は、姉ちゃんに振り回される。

「くそったれ」

夕飯の時間になって、麦がドア越しに呼びに来たけれど無視した。しばらくしてから母さんが、僕の分の夕飯だけをお盆に載せて持ってきた。お盆の上には美味しそうなカボチャの煮物が載っていた。

カボチャはほくほくで、僕の好きな甘い味付けだった。けれど今日ばかりは、美味しいとは思えなかった。

◆

大仏みたいに巨大な怪獣に押しつぶされる悪夢を見て目を覚ました。

目を覚ますと、小さな怪獣に押しつぶされていた。

「あおしくん、おはよー！　あさだよ！」

僕は、これも夢なのだと思うことにした。こんなことが現実なわけがない。そうだ、まだ僕は悪夢を見ているのだ。だからアラームで目覚めよう。起きたらきっと、いつもどおりの平凡な朝が訪れるはずだ。

「あおしくん！　あさだよって！」

「ぐえぇ！」

油断しきった腹の上で跳ねられ、僕は汚い悲鳴を上げて飛び起きた。ころんと布団から転げ落ちた麦は、何が楽しいのかけらけらと笑っている。

「おえっ、な、なんだよおまえ！　寝込みを襲うのはよくないぞ！　どういう教育受けてんだよ」

「んん？」

「てかなんで僕の部屋に入ってきたんだ。勝手に人の部屋に入っちゃや駄目！」

「あのね、ばあばが、あさごはんできたから、あおしくんおこしてきてって」

「はあ？　ばあばって、母さんのこと？」

麦は体ごと傾く勢いで首を傾げていた。僕もつられて体が斜めになる。

「いらないよそんなの。自分で起きれるって。ものすごく迷惑。ありがた迷惑」

「でもおきてない」

麦がそう言ったとき、スマートフォンにセットしていたアラームが鳴った。僕はすぐにそれを止める。時計を見れば、起床時間から十分が過ぎていた。今鳴ったのは、二度目のスヌーズだった。

「あおしくん、いつもおきるのおそいって。麦、はやおきじょうずだから、まいにち麦がおこしてあげるね」

「……明日からちゃんと時間どおりに起きるようにする」

大きなあくびをしたら、麦にもあくびがうつった。僕は立ち上がり部屋を出る。麦が軽やかに僕を追い越して、先に一階へと向かう。

「おはよう蒼士」

いい匂いを辿って居間に向かうと、母さんが朝ごはんの準備を済ませていた。姉ちゃんの姿はない。僕は母さんに「おはよう」と返す。

「今日は麦ちゃんが起こしてくれたから早いじゃない」

「もうこの子をけしかけるのやめて」

「あんたが一回目の目覚ましで起きたらね」

食卓には三人分のごはんが並んでいる。いつもの和食がふたり分と、フレンチトーストがひとり分。

座布団を重ねた座椅子に麦が座った。その隣に母さんが座り、向かいに僕が座る。

「姉ちゃんは？」

「まだ寝てる」

「僕は起こされたのに」

「あんたは学校があるからね。楓は疲れてるんでしょう。ほっといてあげなさい」

肩をすくめながら箸《はし》を摑み、ごはん茶碗を手に取ると、麦に「まだいただきますしてない！」と叱られた。僕は渋々箸と茶碗を置いて、麦の号令に従い「いただきます」と手を合わせる。

僕が焼き鮭を箸でほぐしている間、麦はフォークを下手くそに握ってフレンチトーストを齧《かじ》っていた。口の周りをべたべたにしながら「おいしい！　おいしい！」とひと嚙みごとに雄叫《おたけ》びを上げている。

「ねえ、本当に姉ちゃんたちうちに住むの？」

鮭の身とほかほかのごはんをまとめて頬張りながら、もごもごと母さんに訊いた。

「うん。そう言ったでしょ」

「いつまで？」

「さあ。そのうち自分たちで部屋を借りるかもしれないし、ずっとここで暮らすかもしれないし」

母さんは僕に淡々とそう言うと、瞬時に声音を変え麦の言葉に返事をした。僕は母さんの猫撫で声に、ちょっと顔を歪める。

「母さんはそれでいいの？」

「それでいいって、何が？」

「だから、姉ちゃんたちがうちで暮らすことだよ」

「そりゃ、ここは、楓の家でもあるから」

姉ちゃんが捨てた家でもあるだろ、とはさすがに言わなかった。僕はほうれん草入りの出し巻き卵を箸で刺し、ひと切れ丸ごと口の中に放り込んだ。

むすりと黙って食事をしながら、麦のことをじとっと見る。

昨日は「本当に姉ちゃんの子ども？」とつい言ってしまったけれど、正直に言えば、麦はほぼ確実に、姉ちゃんの子だと思っている。だって、写真で見た小さい頃の姉ちゃんと瓜ふたつの顔立ちだから。

僕とは、全然似ていない。僕と姉ちゃんは昔から、外見も中身もまったく似ていない。

「なあ麦……ちゃんのさ、パパってどこ行ったの？」

母さんに「蒼士」とたしなめられる。けれど麦が姉ちゃんの子どもである以上『麦の父親』が気にならないわけがない。姉ちゃんが何も言わないなら、麦に訊くしかなかった。不躾《ぶしつけ》かもしれないが、僕が麦を気遣う理由もない。

「パパ、いないよ」

当の麦は、何も気にしていない様子でフォークの先を舐めている。

「いない？」

「うん」

僕は軽く眉を顰め、母さんをちらと見た。母さんも難しい表情を浮かべている。麦の父親のことについては、母さんもまだ何も聞いていないようだ。

「離婚したのか？」

また母さんが「蒼士」と言った。さっきよりも低い声だったから、僕は少し身を縮ませた。

「リコン、ってなに？」

「あ、えっと……パパ、どこか行っちゃったってことかなって」

言い換えると、麦は「ううん」と首を横に振った。

「麦がうまれるまえからいないって、ママいってた。おともだちには、パパいるけど、麦はママだけ」

母さんと目を見合わせる。麦の言ったことを信じるとしたら、姉ちゃんは、麦を産む前に離婚したか、そもそも結婚せずに麦を産んだか、ってことになる。麦がうちの名字を名乗っていたから離婚しているのかもしれないとは考えていたけれど……麦が父親を知ってすらいないとは思わなかった。

「でも、おひっこししたら、ばあばと、あおしくんもいる！　えへへ、うれしい！」

麦がにぱあっと笑う。母さんもあっという間に表情をほぐして「ばあばも麦ちゃん来てくれて嬉しいよ」と麦の寝癖の付いた頭を撫でた。

僕はふたりを見ながら、つい大嫌いなピーマンを間違って食べたときみたいな顔をしてしまった。残っていたおかずを全部ごはんの上に載せ、碗の中身を一気に口に掻き込んだ。

「忘れ物ない？」

玄関でスニーカーの靴紐を締め直していると、台所から母さんが見送りにやってきた。

「うん、大丈夫。あの子は？」

「楓を起こしに行ってもらってる。朝ごはん何がいいか聞いてきてって言って」

「ふうん」

と、そっけない返しをしたけれど、麦がいないと聞いて心底ほっとした。朝食のあと、身支度をしている間もずっと付きまとわれ延々と話しかけられていたから、すっかり気が滅入ってしまっていたのだ。昨日の夕方から今の時点までで、僕の体重は十キロくらい減っている気がする。

ちょうちょ結びをきつく締め、鞄を摑んで立ち上がる。下駄箱の上のトレイから自転車の鍵をつまむと、付けている鈴がチャリっと鳴る。

「あのさ、姉ちゃんたちのこと、父さんには言ったの？」

振り返る。上がり框《かまち》のおかげで、母さんとちょうど目線が同じくらいの高さになっている。

「うん。昨日の夜、楓たちが寝てから電話した」

「なんて言ってた？」

「そうかって、それだけ。こっちに帰ってきたときに、自分で楓に聞くつもりなんじゃやないかな」

父さんが次に帰ってくるのは、と考えた。お盆に帰ってきたばかりだから、たぶん年末になるんじゃないだろうか。

他の単身赴任仲間は毎週末家に帰っている人もいるって言っていたけれど、父さんは単身赴任を始めた六年前から、滅多にうちには戻ってこない。

「父さんのことだから、姉ちゃんと会ったら喧嘩になるよ。母さんは姉ちゃんたちがうちに住むこと認めてるみたいだけどさ、父さんが駄目って言ったら、そのときはどうするつもりなの？」

我が家の権力は父さんに集中している。家にいなくても、家のことを決められるのは父さんだけだ。ずっとそうだった。良くも悪くも……いや、良くはないかもしれないが、時代遅れの亭主関白を貫いているのがうちの父さんだ。父さんの言うことは絶対。父さんの決めたことが一番。母さんもその考えに従っている人だから、父さんの意思を何よりも優先し、決して父さんの前で自分の意見を述べなかった。

いつだってぶつかり合う父さんと姉ちゃんを、黙って横で見ていたような人だ。

「そうなったら」

「うん」

「お母さんがお父さんのことを説得するよ」

「えっ」と、驚いて目と口をぽかんと開けた。母さんは、微笑みながらしっかりと頷いて、僕の制服のネクタイを直した。

「ほら、遅刻するよ。いってらっしゃい」

「あ、うん。いってきます」

「気を付けてね」

鞄を肩に掛ける。戸を引くと、少しだけ涼しい風が吹いてきた。最近ようやく夏の終わりが見えてきたような気がする。涼しいのは朝と夜だけで、昼間は相変わらず、いっそ溶けたくなるくらいに暑い日が続いているけれど。


教室に入り自分の席に着いた途端、すっかり気が抜けてしまい、椅子の背もたれに体を預けながらぼんやりとしていた。

朝の騒がしく忙しない学校の様子に、なんだか安心してしまう。いつもなら家のほうがずっと落ち着くのに。今だけは、昨日と同じ……きっと明日も同じこの教室のほうが、僕にとって心休まる場所だ。

「蒼士、おはよ」

ぽんと肩を叩かれる。顔を向けると、登校してきた清高がヨッと右手を上げた。

「あ、清高……おはよ」

「え、なんか元気なくない？」

「元気、なくはなくはないけど」

「何それ、要するにないってこと？」

ちょっと待ってて、と言い、自分の席にリュックサックを置いてから、清高は僕のところに戻ってきた。前の席の椅子に後ろ向きに座り、机の天板に頬杖を突く。

「はい。聞きに来ました」

「うん、ありがと。あのさ、昨日、母さんから早く帰ってこいって連絡来てたじゃん」

「ああ。何、なんかあったの？」

僕は頷き、大きな溜め息と共に、心痛の原因を清高に話す。

「姉ちゃんが、帰ってきてたんだ」

すると清高は、目を何度も瞬かせた。

「姉ちゃんって、あの姉ちゃん？」

「あの姉ちゃんがどの姉ちゃんかわかんないけど、その姉ちゃん」

「まじか。何年振りだよ」

「六年半くらい。僕らが五年生になる前だったから」

幼稚園からの友達である清高は、僕の姉ちゃんと顔見知りだし、姉ちゃんが家を出て行ってから一切帰っていなかったことももちろん知っている。

僕が姉ちゃんのことを話したがらなかったから、この六年半、清高も訊いてくることはなかったけれど……頭の片隅では「蒼士んちの姉ちゃんどうなってんだろな」くらいは時々思っていたかもしれない。

「よかったじゃん。今まで連絡も来てなかったんだろ」

「よくないよ。僕はさ、もう姉ちゃんはいないもんだと思ってたんだ」

「ええ？　でも蒼士と姉ちゃん、そんなに仲悪くなかったじゃん。心配くらいしてたんじゃねえの？」

「まさか。清高も知ってるだろ。姉ちゃんのせいでうちの家族はいつも空気悪かったんだ。僕だって、散々振り回されてさ。ずっと音信不通だったくせに今さら顔出されても困るよ。姉ちゃんなんてもう、いないほうがいいに決まってる」

つい語調を強めてしまった。はっとして見ると、清高は頬杖を突いたまま、苦笑いを浮かべている。

「まあ、家族だからってなんでも受け入れられるわけじゃないもんな」

僕は無意識に力んでいた肩の力を抜いた。うん、と情けなく呟く。

清高の兄弟は、たくさんいるのにみんな仲良しだ。僕らはたったふたりだけの姉弟なのに、何もかもが違うし、何もわかり合えない。家族だけれど、姉ちゃんは僕とは全然違う人間だ。この世で唯一同じ血が流れていて、でも僕が、誰よりも遠く感じている人こそが、姉ちゃんだった。

「しかもさ」

「うん」

「子ども連れて来たんだよ。女の子」

「は？」

清高が呆けた声を上げる。

「え、蒼士の姉ちゃんの子ども？」

僕は口をへの字にしながら頷く。

「たぶんシングルマザーってやつ？　うちに帰ってなかった間に何してたのか、訊いても教えてくれないから、詳しいこと全然わかんないけど」

「まじかあ。蒼士の姉ちゃんが子どもなあ。じゃあ蒼士、おじさんってことじゃん」

「おじ……おじさん……」

「子どもってまだちっちゃいの？　赤ちゃん？」

「あ、いや、三歳って言ってた。年少さんの歳って」

「お、うちのチビと一緒」

「でも清高の弟よりもめっちゃ喋るんだよな。百倍くらい喋る」

三歳の標準を知らないけれど、清高の弟はまだあそこまではっきりとは話さなかったはずだ。麦は、わりと流暢《りゅうちょう》に話すから会話がしやすい分、なんというか、とにかくやかましい。

「話し始めるの早かった子なんだろうな。お喋りなの、可愛くていいじゃん」

「いやいや、もう鬱陶しくてしんどすぎるよ。正直、清高のこと尊敬する。五人も下の兄弟いて普通に生活してるのすごい。信じられない」

「はは、まあ慣れだよなあ」

僕はまた盛大な溜め息を吐いて、ぐでんと机に突っ伏した。

「可愛いなんて、思う余裕ないよ。急に姪っ子なんて言われてもさ、身内だなんて思えるわけない。僕は清高みたいに弟とかがいるわけじゃないから、小さい子をどうやって扱えばいいかもわかんないし」

「うんうん」

「今日も帰ったら姉ちゃんたちが家にいるのかと思うと、憂鬱で仕方ない」

平凡だけれど平和だった僕の日常が、確実に、瞬く間に変わってしまった。姉ちゃんの存在も、突然現れた姪の存在も、僕の日々に少なからず影響を与えるだろう。その影響が、いいものになるとは、僕にはとても思えない。

「まあ、家にいるのが本当に嫌になったら、いつでもうちに泊まりに来ていいから」

清高が僕のつむじをぷつりと押した。

「っつっても、うちのが千倍うるさいけどな」

「それは確かにそう」

のそりと顔を上げ、ありがとう、と言い、ちょっとだけ恥ずかしくなって目を逸らした。清高は、なんだか麦と似たような笑い方で笑っていた。


苦手な英語の授業を聞き流しながら、ぼうっと教室のどこでもない場所を見ていた。

この先生は授業中に私語をすると容赦なく成績を下げるから、クラスメイトたちは一見真面目そうに、静かに授業を受けている。僕も、先生の言葉を聞いている振りをしながら、頭の中で、全然違うことを考えている。

僕は、姉ちゃんのことが嫌いではなかった。清高が僕らのことを「そんなに仲悪くなかった」と言ったのも否定しない。チビだった頃の僕は、決して姉ちゃんにいなくなってほしいと思っていたわけじゃなかった。でも、姉ちゃんが家を出て行ったとき、ほっとしたもの確かだった。

姉ちゃんと僕は、一応実の姉弟であるけれど、見た目も中身も似ていない。僕は小さい頃から事なかれ主義で、優柔不断で、自分の意見を言うのが苦手で、父さんに逆らうなんて考えもしない子どもだった。姉ちゃんは真逆だ。自分の考えを貫くためなら上級生にだって、父さんにだって喧嘩を挑む。自分勝手で自由奔放、夢見がちな、個性に生きる人。それが僕の姉ちゃんだ。

そんな人だから、姉ちゃんはしょっちゅう頑固な父さんとぶつかっていた。酷《ひど》いときにはほとんど毎日と言ってもいいくらい。父さんと姉ちゃんの喧嘩する声が響く家は、決していい空気が流れているとは言えなかった。僕はふたりの喧嘩が怖くて、その時間がすごく苦手だった。

だから姉ちゃんが出て行ったときほっとしたのだ。もうこの家に怒声が響くことはない。誰も喧嘩なんてしない。怖い時間は来ない。そう思って安心した。

それなのに……どうして今になって帰ってきたのだろう。何を考えて戻ってきたのだろう。

自分から出て行ったくせに。こちらのことなどお構いなしで、当然のような顔をして家に居座って。

ありえない。僕の日々はまた、姉ちゃんのせいで掻き乱されてしまうのだろうか。

「うああっ……」

考えるだけでおかしくなりそうで、唸りながら両手で頭を抱えた。すると教室中の視線が一斉に僕へと向いた。離れた席で清高が変な顔をしてこっちを見ている。

僕は平静を装って居住まいを正し、一度深呼吸をした。そして震えた小さな声で「すいません」と先生に謝ったのだった。


薄っすらと、学校に行っている間にふたりともいなくなっているんじゃないか、という期待をしていた。けれど家に着いて自転車を停める前に麦の声が聞こえてきて、僕のささやかな望みはあっさりと綺麗に砕かれた。

戸を開けると、まだ「ただいま」とも言っていないのに足音が聞こえてくる。麦が玄関まで走ってきた。ぎょっとしたのは、麦が自分の身長と変わらないくらいの大きさのワニのぬいぐるみを抱えていたからだ。

「あおしくんおかえりー!」

「あ、ただいま……」

「みて！　ワニ！」

「もう見てる……何それ」

「ばあばがかってくれた」

居間の前を通ると、朝にはなかったはずのおもちゃや椅子や、派手な柄の紙袋が数個置かれていた。昼間に買い物に行っていたのだろうか。どう見てもここで暮らすための準備をしている買い込み方で、僕はつい白目を剝いてしまいそうになった。

自分の部屋に荷物を置き、部屋着に着替え、いつもなら夕飯の支度を手伝うため一階に行くけれど、今日は下りたくなかったからベッドにぐでんと寝転んだ。とくに用もなくスマートフォンを手に取り、適当に操作する。

するど、ドンドンドンっと部屋のドアを強く叩く音がした。びくりと肩が跳ねる。

「あおしくん！」

麦の声だ。僕は「げんなりする」とはこういうことかと身をもって知った。

「あおしくん、まだですか！　はやくして！」

何がだ、と僕は思う。

「はやく麦のふく、みにきて！」

服？　なんのことかさっぱりわからない。そもそもなんの約束もした覚えがない。

つまり麦の言うことを聞く義理はないから返事をせずに堂々と居留守を使っていたのだが。当たり前というかなんというか、麦はドアを開けて僕の部屋に入ってきた。

「あおしくん！　なんでねてんの！」

「ドアに鍵つけてもらおう」

「麦ね、ばあばといっぱいふくかったんだよ。かわいいやつとかっこいいやつ。あおしくんにもみせてあげる」

結構です、と言った僕の言葉は麦には聞こえていなかった。麦は片手で大きなワニを一生懸命抱きながら、もう片方の手で僕の手を摑んだ。僕は心を無にしながら立ち上がり、麦に引っ張られるまま部屋を出る。

ちらりと隣の部屋を見た。二階の僕の部屋の隣は、昔姉ちゃんの部屋だった場所だ。姉ちゃんが出て行った直後、部屋にあったほとんどのものを父さんが捨ててしまったから、今も残っているのは古い勉強机くらい。他は僕の部屋からこっそり移した不要品が適当に置かれているだけの、物置に近い部屋となっている。

昨日は下の和室で布団を敷いて寝たようで、今後もそこを姉ちゃんと麦の部屋として使うらしい。けれど今、僕の部屋の隣のドアは閉められていた。たぶん、姉ちゃんがいるんだと思う。昔の面影などすっかりなくなったかつての部屋に、姉ちゃんは今ひとりでいる。

何をしているのか、何を考えているのか。僕にわかるはずもないし、わかりたくもないけれど。

「あら、蒼士くん来てくれたの。よかったねえ麦ちゃん」

居間に行くと、母さんが大量の子ども服を畳の上に並べていた。確実に、僕の持っている一年分の服の量よりも多かった。

「あおしくんもふくみたいって」

「そう。お洒落な服いっぱい買ったもんね」

「うん！」

僕は並べられたカラフルな服の隙間、麦の指示した場所に腰を下ろした。「このこだっこしてて」とワニを押し付けられ、素直にむぎゅりと抱き締める。

「じゃ、ばあばは夜ごはんの準備してくるね」

「え、母さんも一緒に見るんじゃないの？」

「お母さんはもう何買ったか知ってるので」

捨てられた子犬のような気持ちになった僕を、母さんはあっさり見捨て、台所へと消えていった。ひとりで麦の相手をしなければいけなくなった僕の心はすでに疲労度がマックスだったが、目の前の幼児はといえば、今から一日が始まると言わんばかりのテンションで、心身ともに、目を疑いたくなるほどの元気さであった。

麦は買ったばかりの服を、一枚一枚丁寧に僕に見せていった。丸い襟のブラウス、ライオンの描かれたTシャツ、水玉模様のサルエルパンツとカーキ色のサロペット。

僕はあくびを必死に嚙み殺しながら、ししおどしみたいに定期的に頷いていた。すると、それまでマシンガントークを続けていた麦の喋りがぴたりと止まる。お、僕が飽きているのに気づいたか、と思い虚無を見つめていた視線を麦へ向けると、麦は何やら憐れんだような表情を浮かべていた。

「あおしくんも、ほしかった？」

「は」と口から漏れる。麦は眉毛を八の字に、唇をへの字にして、なおも僕に憐憫《れんびん》の眼差しを向けてくる。

「いや、僕はいらないから気にしないでよ。服そんなに興味ないし」

「ふくじゃない」

「え？」

「ワニタロウ」

麦は、僕が抱っこしていたぬいぐるみを指さした。僕はつぶらな瞳のワニを見下ろす。

「ごめんね……ワニタロウ、麦のだから」

「や、わかってる。あの、いらないので」

ワニタロウをそっと返却すると、麦は百年ぶりの再会と言わんばかりにワニタロウをきつく抱き留めた。

僕は、今のうちにと片づけを始める。

「あのさ、ばあばがひとりで大変そうだから、お手伝いに行ったほうがいいんじゃない?」

追加攻撃をしてみた。麦はまんまと僕の術中にはまり、「はっ、おてつだい!」と言って、ワニタロウを食卓に座らせてから台所へと走っていく。

「ワニタロウ、おまえも大変だな」

適当に服を畳み、適当に部屋の隅に重ねてから、僕も台所へ向かった。夕飯の支度は順調に進んでいるようで、腹の虫を刺激するいい匂いが漂ってきている。

台所では、麦がたどたどしく食器を出しているのを、母さんが揚げ物をしつつ微笑ましく見ていた。油を使っているのによそ見しないでくれよと思いながら、母さんに「なんかやることある?」と声をかける。母さんは、揚げ物をしている隣のコンロの鍋を顎で指す。

「じゃあこのお鍋見てて。大根とにんじんが柔らかくなったらネギとお味噌入れてね」

「はい」

お玉を手に取り、ぶくぶくと出てくる灰汁《あく》を掬う。

鍋の中身は豚汁のようだ。豚汁は、母さんの得意料理のひとつで、僕と姉ちゃんの好物でもある。

「姉ちゃんは手伝わせなくていいの？」

懸命に手伝いをしている麦を横目に見た。夕飯の支度が始まっていることはわかっているはずだが、姉ちゃんが手伝いにくる気配はない。娘の麦がこんなにも真面目に働いているというのに。

「いいのいいの。台所に人が多くても動きにくいし」

からっと揚がった鶏の唐揚げを取り出しながら母さんは言う。

「僕が出て行くけど」

「あんたはお手伝い慣れてるから、麦ちゃんのお手伝いをしてやって」

「今日の買い物って姉ちゃんも行った？」

「ううん。麦ちゃんとふたりで行った」

「姉ちゃん、なんか、なんもしてなくない？　朝も起きてなかったし。あんまり甘やかすと付け上がるよ」

「いいのよ、今は。放っておきなさい」

母さんがコンロの火を止める。香ばしい色味の唐揚げがじゅわじゅわと油を弾いていた。鶏の唐揚げも、姉ちゃんの大好物だ。

「今はそっとしておくのが一番いいの。あの子にとっても、わたしたちにとってもね」

僕はなんとなく釈然としなくて、何も言わない代わりに唇を突き出した。切ってあった長ネギを鍋に投入して、戸棚に味噌を取りに行く。

「あおしくんもおてつだい、えらいね」

背伸びをしながら台の上にお皿を並べる麦が、僕を見上げてそう言った。僕はふいと目を逸らし、赤味噌の容器を引っ摑む。

「偉くないよ。普通のことだ」

「でもママ、おてつだいえらいって、麦にはいうよ。ねえばあば、えらいよね」

「うん。蒼士くんは自分からよくお手伝いしてくれるの。麦ちゃんと同じくらい偉い」

僕はなかば睨むように母さんを見た。母さんは唐揚げのひとつを小さく切って、ふうふう冷ましてから味見していた。

思えば、母さんから手伝いを頼まれたことはほとんどなかった。家事は専業主婦である母さんの仕事。父親は外で働き、子どもたちは勉強をする。厳格な父さんがそう決めていたから、母さんは自分の家事を僕らにさせようとはしなかった。それでも僕は自主的に母さんの手伝いをするようにしていた。

なんとなく、としかそのときは考えていなかったけれど。もしかしたら、普段は父さんに何も逆らえない僕の、本当に小さな小さな、唯一の反発心だったのかもしれないと、今になって思う。

「麦ちゃんも味見する？」

母さんが、十分に冷ました唐揚げの欠片《かけら》を麦に向ける。麦は大きく口を開けて、唐揚げの欠片をむぐりと含んだ。

「どう？」

「おいしい！」

「よかった。じゃあ今度はこれ、居間に運んでくれるかな？」

麦は大げさに頷いて、唐揚げの大皿を両手にしっかりと持ち台所を出て行った。揺れるツインテールを見送ってから、僕は味噌をお玉に載せる。

「ねえ、姉ちゃんさ、ちょっと変わったよね」

赤味噌を溶かし入れながら、ぽつりと呟いた。

「そう？　あの子がお手伝いしないのは昔からじゃない」

と母さんが言うのが背中越しに聞こえる。

「そうだけど、そうじゃなくて」

「じゃあ何？」

「なんか、よくわかんないけどさ。どっか、昔の姉ちゃんと全然違う人みたいに見えるんだよ」

僕の話を聞かない。自分勝手で我儘《わがまま》。他者の迷惑など顧みないところも、もちろん手伝いをしないところも、昔とまったく同じなのに。それでも今の姉ちゃんは、僕の知っている姉ちゃんじゃないみたいだって僕は思う。

「まあ、楓にもいろいろあるんでしょ」

「いろいろねえ」

「まだ帰ってきたばっかりなんだから、整理できていないことだってあるだろうし」

そりゃ、そうかもしれないけれど。だって子どもまで産んでいるくらいだ。

地元から遠く離れ、家族には頼れない環境で生活し、麦を育てていた。すべて姉ちゃんが決めたことであり、姉ちゃん自身に責任があることなのだから、同情なんてするつもりは一切ない。

ただ、まあ、きっと大変だったのだろうなとは思っている。

健康で言葉もよく喋る麦を見ていれば、それなりにまともに育てられてきたことはわかる。姉ちゃんはたったひとりで懸命に子育てしてきたのだろう。うちに帰ってきたことで多少気が緩んでしまうのは、仕方のないことなのかもしれない。

「ばあば！　これあっちもってっていい？」

戻ってきた麦が、テーブルの上のサラダを指さした。

「うん。お願いね。落とさないようにね」

「はあい」

サラダは四人分を小皿に分けてある。麦は小さな皿をひとつずつ両手で持って、抜き足差し足で居間に運んでいく。

「ばあば、豚汁できたよ」

こっちの鍋の火も止めた。豚汁はとっても美味しそうにできたのに、母さんはぐっと眉を寄せた。

「何その顔」

「蒼士にばあばって呼ばれるのは、なんかちょっと、嫌ね」

「なんでだよ。ばあばって呼ばれてにやにやしてるじゃん。嬉しいんじゃないの？」

「ばあばって呼ばれるのが嬉しいんじゃなくて、そう呼んでくれる麦ちゃんが可愛いの」

「ふうん。よくわかんないな」

母さんは四人分のごはんを盆に載せて、麦のあとを追いかけた。

僕は深めの茶碗をみっつと、今日買ってきたのだろうウサギ柄の茶碗を用意して、出来立ての豚汁を零さないようによそう。

「これはばあばの分」

と、嫌がらせみたいに呟いてみるけれど。母さんが「ばあば」と呼ばれていることに、僕は違和感しか抱いていない。

姉ちゃんは今年で二十五歳になるから、普通に子どもがいておかしくない年齢ではある。だから母さんも孫がいたって不自然ではない。けれど、昨日まで僕の「母さん」でしかなかった人が、突然、なんの前触れもなく誰かの「おばあちゃん」になったことを受け入れるのは、簡単ではない。

母さんは、麦のことをどう思っているのだろうか。本当に、自分の孫だと思えているのだろうか。

僕は、麦を家族と思えるのだろうか。

「無理だよなあ」

出来立ての豚汁に思いを零す。

姉ちゃんが帰ってきたことさえまだ受け止めきれない僕には、麦を家族と思うことは、まだ少し、いやかなり、難しい課題だ。


食卓に夕食が並んだ。あとはコップにお茶を注ぐだけとなり、僕は自分の定位置に腰を下ろした。すると母さんが「麦ちゃんか蒼士、楓を呼んできて」と言う。どっちか、と言ったが、麦が行くに決まっているだろう。僕は知らんぷりをして、箸置きに置かれた箸をころんと突いた。

「あおしくん、いってきて」

麦が言い、僕はぎょっとして顔を上げる。

「は？　なんで僕が？」

「麦、おちゃいれなきゃいけないから」

麦はなぜか決め顔をしている。実際に麦茶ポットからお茶を入れるのは母さんの役目だが、麦にはコップを支えておくという重要な任務があるようだ。

「じゃあそれ終わってから行けばいいよ」

「いそがしいから。あおしくん、いってきて」

「いやすぐ終わるでしょ」

「あおしくん、おねがい」

「蒼士、お願いね」

母さんにまで言われ、僕はうっと声を詰まらせた。さっきは母さんに「姉ちゃんは変わった」と言ったが、姉ちゃんが帰ってきてから、母さんも少しだけ変わったように感じている。なんというか、今まで父さんだけじゃなくて僕にだってなんの口出しもしてこなかった母さんに、自分の意思みたいなものが見られるようになったというか。父さんみたいに厳しくはないのに、どこかその言葉には、従わざるを得ないというか。

「……いってきます」

僕は諦めて立ち上がり、重い足取りで二階へ向かった。姉ちゃんは自分の部屋にいるはずだ。閉まったドアの前に立ち、僕は二回ノックをする。

「姉ちゃん、ごはんできたよ」

声をかけるが返事はない。もう一度ノックをして「姉ちゃん」と呼びかける。やはり答えも物音もなかった。寝ているのだろうか。それともこの部屋にはいないのだろうか。

「姉ちゃんってば」

焦れてドアを開けた。

僕は続けようとした嫌みの言葉を呑んだ。

姉ちゃんは部屋にいた。古い勉強机と、僕が置いた段ボール箱や雑誌の束しかないがらんとした部屋の真ん中に座り、何もせず、ぼんやりと、窓の向こうを眺めていた。

暗がりの中、少しだけ表情が見える。感情は読み取れない。むしろ、感情なんて全部なくなってしまったみたいな、あの頃の姉ちゃんが絶対にしない顔をしていた。

「姉ちゃん？」

「……蒼士」

姉ちゃんが振り向いた。冷めた視線が僕へ向く。変に心臓が跳ねた。

知らない人だ、と咄嗟《とっさ》に思ってしまった。

ここにいるのは、やっぱり、僕が知っている姉ちゃんじゃない。

「何？」

「あ、いや、ごはんできたから」

「そう」

姉ちゃんは立ち上がると、僕の横を通り抜けて部屋を出て行った。

部屋のドアを閉める直前に、封のしてあった段ボール箱がひとつだけ開いているのを見つけた。見覚えのある古びた本が、部屋の隅に置かれていた。僕は見なかったふりをして、ドアを静かに閉めた。

◆

休みの日は予定がない限り目覚ましをかけない。昼前までゆっくり寝ることは、僕の人生における数少ない楽しみのひとつであるのだ。

しかし、そんな僕の幸せを、小さな悪魔が奪っていく。

「あおしくん、おはよー！」

最早《もはや》ノックもなしにドアを開け、脳みそが揺れそうな声で部屋に押しかけてくる麦。

はっと夢から覚め、二ミリだけ瞼を開いてみると、満面の笑みを浮かべた麦が踊りながら僕のベッドへ近づいてくるのが見えた。

「あおしくん、あさです。おはようございます！」

これはひどい悪夢だ。

「あおしくん、おきて！　いいてんきだよ」

「……今日土曜日だから学校ないけど」

「しってるよ。どようびは、あそびにいくひだもんね」

「遊びに行く予定もないんだよ僕は……」

枕元に置いていたスマートフォンを見ると、六時半を過ぎたところだった。平日の起床よりも早い時間に、僕は気絶してしまいそうになった。いやむしろ気絶させてほしいくらいだ。

「まだいっぱい寝れるじゃん……僕のことはお構いなく」

僕は二度寝を決め込むことにした。タオルケットを頭まで被り、寝返りを打って麦に背を向ける。

「おやすみ」

「あ、ねようとしてる！　だめだよ、はやおきするこはおおきくなるよ。あおしくん、おおきくならなくていいの？」

「僕の成長期は中二で終わった……」

「あおしくんってば！」

麦に頭突《ずつ》きをかまされ、堪らず飛び起き「いい加減にしろ」と声を上げた。こうすればさすがにビビって出て行くだろう、と思ったのだが、寝起きでたいして声が出なかったからか、はたまた迫力のない顔面だからか、そもそも舐められているのか、麦にはちっとも効いていなかった。

「あおしくん、おきた！」

仕方がないので作戦を変えることにする。「おなかへった」と唇を尖らせた麦に、「ばあばが朝ごはん作って待ってるよ。蒼士くんも着替えたらすぐに行くね」と優しく言い「ほら、いい匂いがしてくるよ」とそっと背中を押して自然に部屋から追い出した。

麦が階段を下りていったのを確認し、ドアを閉め、急いでベッドに潜り込む。タオルケットを被って目を瞑った。北風と太陽作戦成功である。

しかしながら僕の幸福な二度寝は三十分も経たずに終わった。朝ごはんを食べ終え満足した麦が、僕の存在を思い出し、ふたたび起こしにきたからだ。僕も僕で目が冴えてしまい、いまいち寝付けなかった。諦めて、予定のない土曜日だというのに、健康的な時間に起きてしまったのだった。

母さんがサンドイッチを用意してくれていたから、居間でひとりもそもそと食べていた。その間に、麦はバタバタと身支度を進めていく。ライオンのTシャツを着て、キャップを被り、真っ赤なリュックサックを背負い、僕に自慢する。

母さんも大きなバッグを出してきて、荷物を準備していた。タオル、水筒、お弁当とレジャーシートに、麦の着替えなどなど。

「どっか行くの?」

と訊くと、麦が待ってましたと言わんばかりにすぐさま答える。

「どうぶつえん!」

「動物園?」

「でんしゃのっていくんだよ。おべんとうはね、サンドイッチ」

「サンドイッチなら僕が今食べてるけど」

「それ、麦のおべんとうのあまったやつ。ねえ、あおしくんもどうぶつえんいこうよ」

「行きたいけど、忙しいから行けないんだ。残念だなあ。僕の分まで楽しんできてね」

「そうなんだ……かわいそう」

麦が憐みの目で見てきた。僕はよよよ……と涙を拭いながら、優雅にカフェオレを飲んでいる。

今日はいい日になるかもしれない。動物園に行くとなれば、しばらくは帰ってこないだろう。学校という逃げ場がないからどうしたものかと思っていたが、どうやら麦のいない静かな一日を過ごすことができそうだ。

「ワニタロウ、おせわしといてください」

支度が済み、間もなく出発となったところで、麦がワニタロウを持って僕のところにやって来た。僕はワニタロウを預かり、縁側で日向ぼっこさせる。

「姉ちゃんは？」

敷居に身を乗り出して廊下を窺《うかが》った。母さんと麦は準備万端のようだが、姉ちゃんの姿が見当たらない。

「楓は行かないよ。まだ寝てるもの」

「は？」

僕は廊下と居間を跨《また》いで寝そべったまま、口をあんぐり開けて母さんを見上げた。てっきり三人で出かけるものと思っていたのに。

「声はかけたの？」

「昨日ね。麦ちゃんが動物園に行きたがってるから連れて行くって話をしたら、悪いけどお母さんだけでお願いって言われて」

「はあ？　いや、姉ちゃんも連れてってよ」

「動物園くらいならお母さんだけで大丈夫だから」

だからふたりで行ってくるからね、と母さんは言った。いや、母さんたちは大丈夫でも、僕が大丈夫ではないのだが。

母さんと麦がいなくなるということはつまり、この家で、姉ちゃんとふたりで過ごさなければいけないということだ。

姉ちゃんが帰ってきて以降、なんだかんだで長時間ふたりきりになったことはない。姉ちゃんが同じ部屋にいるときは、必ずそばに母さんか麦がいたし、居間に姉ちゃんがひとりでいれば、僕は入らないようにしていたから。

僕は姉ちゃんを避けていた。勝手をしたことをまだ怒っているってのもあるし、帰ってきた日に啖呵《たんか》みたいなものを切ってしまった気まずさもあるし、なんとなく、昔の姉ちゃんと違う気がして、どう接したらいいかわからないってのもあるし。

だから、姉ちゃんと家でふたりきりには、なりたくない。

「楓が起きてきたら、台所にサンドイッチ置いてあるから食べなさいって言って」

「あ、うん……」

「じゃ、行ってくるね。夕方までには帰るから。昼は適当に済ませて」

「はあい」

「あおしくん、おみやげかってくるね」

そう言って玄関に駆けていく麦を、大きなトートバッグを持った母さんが追いかけていく。僕はふたりを見送り、のそのそと居間に戻って、顎が外れそうなくらいの大きなあくびをした。早起きをしたせいで、一日が長いのが、やけに憂鬱だった。

姉ちゃんが起きてきたのは、麦たちが出かけて一時間ほど経ってからだ。

僕がワニタロウの尻尾をにぎにぎしながら適当なテレビを見ていると、右側にだけ寝癖を作った姉ちゃんがふらりと居間に入ってきた。首回りのよれたTシャツと、ウエストの緩んだ高校時代のジャージを着ていた。

「おはよう」

と言われ、おはよう、と返す。

「麦は？」

「もう母さんと出かけたよ」

「ああ。動物園」

「台所にサンドイッチあるよ。母さんが食べろって」

そう、と一度言って、姉ちゃんは台所に向かった。少しするとサンドイッチの載った皿とマグカップを手に戻ってくる。マグカップの中身は香りからして梅昆布茶だろうか。変な組み合わせだな、と僕は思う。

姉ちゃんは座布団に座って黙々と朝食をとっていた。僕は食卓を挟んだその向かいで、なるべく姉ちゃんのほうを気にしないようにしながら、やっぱり黙ってテレビを見ていた。好きな芸人のトークに、いまいち笑うことができない。

「ねえ、あんたまだ清高くんと仲いいんだね」

突然声をかけられ、咄嗟に返事ができないまま振り向いた。姉ちゃんは、暑いのに、熱い梅昆布茶を音を立てて啜《すす》っていた。

「……清高？」

と僕は言う。

「こないだ、清高くんちから貰ったって言ってたじゃん。カボチャ」

「ああ、うん。清高、高校も一緒だし。ずっとつるんでるよ」

「へえ。変わんないね」

自分から話を振ったくせに姉ちゃんはたいして興味がなさそうだ。

「清高んち、兄弟増えてさ」

「ふうん」

「麦と同じ歳の末っ子いるんだよ。あっちは男の子だけど」

「そうなんだ。じゃあ今度、遊んでもらおうかな」

姉ちゃんは、僕を通り越して、縁側のほうをぼんやりと見ていた。弟や娘のことを話している人の表情ではなかった。

昔の姉ちゃんなら、と考える。たぶん、清高の弟に興味を示して、今からでも会いに行こうなんて言って、僕を困らせて呆れさせる。今の姉ちゃんはそうじゃない。単に大人になったってだけのことかもしれないけれど。そうじゃない、かもしれない。

姉ちゃんがこの家からいなくなっていた六年半。その間に何があったのか。今、何を考えているのか。

訊ねれば姉ちゃんは教えてくれるだろうか……いや、「あんたに言う必要ない」と帰ってきたその日に言われているんだった。

なら、僕だってもう訊いてやる気はない。姉ちゃんに何があったとしても、何を考えているにしても、それは僕には関係のないことだ。

「……」

姉ちゃんは、食事を終えても立ち上がらないままぼうっとしていた。僕はテレビから流れる映像を、義務みたいに目に映していた。

テレビから笑い声が聞こえる。僕は笑えず、ずっと不自然な呼吸をしている。

五分も経って、もう無理だ、と思い、テレビを消して居間から出た。自分の家で姉と一緒に過ごすことがこんなにも居たたまれないとは思わなかった。麦と接すること以上に、姉ちゃんとの接し方がわからなくなってしまっていた。

自分の部屋へ行き、着替えをしてから適当なノートと参考書をリュックに詰める。荷物を持って一階へ戻ると、姉ちゃんはまだ食器も片付けず居間にいた。僕が出かける格好をしていることに気づいたようで「どっか行くの？」と声をかけてくる。

「図書館に、勉強しに行ってくる」

「そう。いってらっしゃい」

いってきます、と言う前に目を逸らされたから、きちんと言葉にできずむにゃむにゃと言うだけで終わった。

自転車に跨り地元の市立図書館に向かう。土曜だけれど人はまばらで、三階の学習室も空いている席が多かった。

近くに人のいない窓際の席に座り、スマートフォンと筆箱、持ってきた勉強道具を机に並べる。現時刻を確認してから、とりあえず一時間は集中しようと決め、ノートと参考書を開いた。

決められたことをするのはそんなに嫌じゃない。だからテストの予習や宿題も苦ではなくて、友達からは「勉強好き」と思われていたりもする。

ただ僕は、学ぶことが好き、というのとはちょっと違う。課題を与えられればこなせるけれど、自分から興味を持って何かを学ぶことはむしろ苦手だ。

自由になると、途端に何もできなくなる。ただの一本道なら迷わず前に進めるのに、いくつもの分かれ道があると、どれを選べばいいかわからなくなる。

必要だからやっているだけで、好きだからやっていることなんてひとつもない。勉強はそれなりの大学に入るためだけにやっていること。大学だって目的があって行こうとしているわけではなく、安泰な社会人生活を送るための最も安定した道が大学を出ることだと思ったから目指しているだけ。将来の希望もとくにない。入れるところに就職して、生きていくのに苦労しないお金を稼いでいけたらそれでいい。

つまらない人間だとは自覚していた。でも僕は、小さい頃からこんな考え方しかできなかった。

原因はわかっている。この僕とは正反対の考え方を持つ姉ちゃんの存在だ。

いつだって理想を語り、夢のない僕に呆れ、平凡な人生を嫌う。その姉ちゃんの考え方そのものを、僕は否定していたわけではない。否定したのは父さんだ。父さんは決して姉ちゃんの思想を……望んだ自由な生き方を、認めようとしなかった。

頭の固い父さんは、夢を見ず堅実に、地に足を着け生きることこそが正しく、それが姉ちゃんのためにもなると思っていた。

当然、姉ちゃんは父さんの言うことなんてちっとも聞こうとせず、その態度に父さんは益々怒った。考え方は違うのに性格だけは似た者同士のふたりは、毎日のように衝突し、大喧嘩をしていた。

――誰かに決められた人生なんて、意味がない。

姉ちゃんがよく言っていたことだ。そして父さんは、おまえは楓のようになるなと、まるで呪いのように僕に言い聞かせた。

どちらの言い分が正しいかなんてわからない。けれど子どもの僕にとって一番怖いのは、やっぱり父親の怒鳴り声と、ひとつにならない家族の姿だった。姉ちゃんが父さんの言うことを聞けば、父さんがこんなに怒ることもないのに。姉ちゃんが父さんの言うことを聞かないから、家族がバラバラになってしまっている。

言い合いの響く家の中、姉ちゃんのように自分の理想に生きようなどと、小さな僕が思えるはずもなかった。もともと似ていない姉弟だったけれど、なおさら姉ちゃんとは違う、現実主義で、父さんの言葉に逆らわない、自分の意見を持たない人間に、僕はなってしまったのだった。

休憩を挟みつつも、家に帰りたくない一心で黙々と勉強を続けていた。それでもさすがに集中力が途切れ、参考書を見るよりスマートフォンを見る時間のほうが長くなってきた頃、母さんからメッセージが届いた。

もうすぐ動物園を出るところで、麦から僕へのお土産も買ったとのこと。何を買ったかは渡すまでのお楽しみだという。ついでに写真もたくさん送られてきた。全部麦と動物との写真で、どの麦もぶさいくな顔で楽しそうに笑っていた。

スマートフォンを置き、ぐっと伸びをする。窓から見える車道を意味もなく眺め、飽きたところで荷物を片付け、席を立つ。

図書館の近くのコンビニでジュースと菓子パンを買い、適当に外で暇を潰してから、母さんたちが帰る時間を見計らって家に戻った。ふたりは僕が帰る直前に帰宅したばかりだったらしい、麦はまだ真っ赤なリュックサックを背負ったままで、帽子を脱いだ頭は汗で髪がぺたんこになっていた。

「あ、あおしくんかえってきた！」

居間には麦と母さん、姉ちゃんが集合している。僕が居間を通り過ぎて行こうとすると「まって！　あおしくんおみやげ！」と麦が叫んだ。

「……部屋に荷物置いてくるだけだから」

姉ちゃんもいるしこのまま部屋に引《ひ》き籠《こも》ろうと思ったのだが、そうはいかないらしい。

僕は自室に荷物を置き、少しだけベッドに座ってぼんやりしてから、意を決して一階に下りた。

居間に行くと、麦の正面に座布団が一枚ぽつんと置かれていた。ここに座れということのようだ。

僕は文句を言わずに座る。麦はにまあっと笑っていて、母さんは僕らを微笑ましく見ている。姉ちゃんは、縁側でロッキングチェアを揺らしている。

「あおしくんに、おみやげあげます」

動物園でいろいろ買ってきたのだろう、麦の背後には袋がみっつ置かれていた。うちふたつは、お菓子や小さな雑貨が入っていそうな大きさだ。残りのひとつは、一体何を買ってきたのか、巨大サイズのビニール袋がこんもりと膨れて転がっている。僕は、それが僕へのおみやげではないことを祈っている。

「おみやげ、なんだとおもう?」

「わかんない」

「んもー!　ちゃんとかんがえて!」

「ゴリラのクッキー」

「ぶー!　ちがいます!」

麦は両手で大きなバッテンを作ってから、巨大な袋を摑んで僕に差し出した。

「はい」

「えっ……」

恐れていたことが起きた。まさか本当にこれが僕のものだったとは。

袋の中身は、枕にできそうなくらい大きなぬいぐるみだった。焼きたてのパンみたいな色で、形もコッペパンみたい。小さな耳がちょこんとついていて、尻尾は見当たらない。これはなんのぬいぐるみだろうか。うさぎ、じゃなくて、ねずみ？　馬の頭？

「あのね、モルモット」

と、僕の心を覗いたみたいに麦が言う。

「モルモット？」

「モルモット、いっぱいさわった。かわいかった。はがでてた」

「へえ。だからこれ買ったの？」

「ううん。あおしくんににてるから」

「えっ……」

モルモットのぬいぐるみは、つぶらな丸い目ととぼけた口を僕に向けていた。これが僕に似ているだなんて、麦の目に僕はどんなふうに映っているのだろうか。僕はこんなに可愛い間抜けな顔はしていないし、小動物っぽくもない。いや、雑種の犬っぽいと言われたことはあるけれど。モルモットは、さすがにない。

「うれしい？」

麦が僕の顔を覗き込んだ。健全な高校生男子がモルモットのビッグサイズぬいぐるみを貰って喜ぶはずもないのだが。

「嬉しい、です。ドウモアリガトウ」

母さんの視線が痛かったので、歯を食いしばって笑顔を作り、お礼を言った。麦はそうでしょうともと言いたげに、満足そうに頷いた。

「ねえ麦ちゃん、ママにもあるんだよね」

母さんの言葉に麦がはっとする。

「そうだよ。あのね、ママにもおみやげかってきたよ」

麦が別の袋を摑み、中身を畳の上にぶちまける。そちらにはお菓子が何箱か入っていたが、目当てのものがなかったのか、麦はまた別の袋もぶちまけた。ハンカチや弁当箱などが転がり出てくる中、麦は小分けされた紙袋をふたつ拾い上げ、てとてとと姉ちゃんのそばに駆け寄る。

「はい、ママ」

と紙袋のひとつを姉ちゃんに渡した。姉ちゃんはロッキングチェアにもたれかかったまま、麦からのおみやげを受け取る。

「なんだろう、ぬいぐるみじゃなさそうだけど」

「えへへ、ぬいぐるみじゃないよ！」

紙袋を開けると、アクリルのキーホルダーが出てきた。ライオンの絵が描かれたものだ。デフォルメされた可愛い絵柄のライオンだが、僕のモルモットよりはずっとかっこよく見える。

「それね、麦とおそろいなんだよ」

麦は自分の分の紙袋も急いで開け、中身を姉ちゃんに見せた。まったく同じ、ライオンのキーホルダーだった。

姉ちゃんは自分の分を指でつまみ、ゆらゆら揺らしながら、麦が掲げるキーホルダーの横に並べた。触れ合ってかしんと音が鳴る。姉ちゃんのぼんやりとした視線が、ふたつのライオンに向いている。

「うん。麦、ありがとう」

嬉しい、と姉ちゃんは言い、麦の汗まみれの頭を撫でた。「何に付けようか」と麦とおでこを合わせて相談している。少しこそこそと話をして、決まったのか、ふたりそっくりの悪戯っぽい表情を浮かべた。麦は高い声を上げて喜んで、タコみたいなダンスを踊り始めた。

意外だな、と僕は思う。うちに来てからの数日間、姉ちゃんが麦とまともに遊んでやっているところを見たことがない。さては麦への愛情がないんじゃないか、なんて疑いを持っていたのだが。今の姉ちゃんの表情を見るに、そういうわけではないようだ。

麦はまだ踊っている。僕はほう、と無意識に息を吐いた。姉ちゃんの、ちゃんと親らしいところをようやく目にして、ほんのちょっとだけ、安心したのかもしれない。

明日も休みだから夜更かしをしようと思っていたのに、早起きをしたせいで、十二時を過ぎた頃には眠気にぴたりと張り付かれてしまった。仕方ないのでもう寝ることにし、ゲームをしていたスマートフォンを床に置いた。

そのまま布団に潜ろうと思ったが、どうにも喉が渇いている。一杯だけ水を飲もうと、あくびを連発しながら階段を下りていく。

台所からほんのり灯りが漏れていた。たぶん母さんがいるのだろうが、もしかしたら姉ちゃんかもしれないと思い、気配を消して廊下からそっと覗いた。シンクの上だけ電気を点けて、母さんが何か作業をしていた。

「母さん、まだ起きてたの」

ややほっとしつつ声をかけると「あら、蒼士」と菜箸《さいばし》を手にしたまま母さんが振り返る。

「何してんの」

「明日の朝ごはんの準備。麦ちゃん、フレンチトースト好きみたいだから。こうやって一晩卵液に漬けとくと、すっごく美味しくなるの」

「へえ」

母さんは四等分にした四つ切の食パンを、タッパーに入った溶き卵に浸していく。卵の染みた食パンは、漬け置きなんてしなくても、すでにとても美味しそうに見える。

「蒼士は、何かつまみ食いでもしに来たの？」

「違うよ。今日はもう寝るつもりだし。水飲みに来ただけ」

「そう」

菜箸を置いた母さんが、網棚からコップを手に取り、水を入れてくれた。ありがとう、と受け取り、こくこくとその場で飲んでいると、「それ」と母さんが言う。

「気に入ったのね」

一瞬なんのことかわからなかった。母さんの視線で、左腕にモルモットを抱え続けていたことにようやく気づいた。

「あ、いや、これ肘置きに使ってて。触り心地いいし、ちょうどよくて」

もごもご言う僕を、母さんはハイハイと笑って適当に流す。

僕はテーブルにモルモットを置いて、空になったコップをシンクで洗った。その横で母さんはもうひと組分、フレンチトーストの仕込みをしている。

「それ姉ちゃんの分？」

「あんたの分よ」

「あ……そう」

蛇口《じゃぐち》をひねり、水を切ってコップを網棚に置いた。モルモットを掴んで、なんとなく、蛍光灯で白く見える母さんの横顔を見つめる。

「母さん、これからどうするの？」

訊ねると、母さんはきょとんとしながら顔を上げた。

「このタッパー冷蔵庫に入れたらもう寝るよ」

「そうじゃなくてさ。姉ちゃんと麦のこと」

どうするの、と僕はもう一度言った。母さんは小さな溜め息を吐いて、手元に視線を戻した。

「どうもこうも、一緒に暮らしていくつもりよ。今のところ楓は出て行く気がないみたいだしね」

「向こうが出て行く気なくても、追い出すことはできるじゃん」

「そんなことしないわよ。別にふたりがいて困ることもないし」

僕は困ってしかいないのだが。姉ちゃんと麦が来てから、僕の平和で静かな暮らしは脅かされっぱなしだ。

「ねえ蒼士。楓にはともかく、麦ちゃんにはもう少し優しくしてあげなさい。せっかく麦ちゃんはあんたに懐いてくれてるんだから。そのぬいぐるみだってね、一生懸命選んでたのよ」

母さんはふたつのタッパーに蓋をして冷蔵庫にしまう。

僕は、麦がくれたぬいぐるみを両腕でむぎゅうっと押しつぶす。

「母さんはさ、麦のこと、本当に自分の孫だって思えてるの？」

冷蔵庫を閉めた母さんが振り返る。

うちは姉ちゃんと歳の差がある姉弟だから、僕の同級生の母親に比べると、母さんはちょっとだけ年齢が上だった。それでも普段から身綺麗にしているし、老け込んでいるわけでもなく、おばあちゃんという印象は受けない。母さんが誰かのおばあちゃんであると、僕はまだ思えない。

「麦ちゃんは楓の娘だから、そりゃ孫でしょう」

「自分の気持ちのことだよ。突然現れてさ、孫だって言われて、受け入れられるもん？」

「そうねえ」

と母さんは呟く。

「実感が湧いてるかって言ったら、お母さんも、正直よくわからない。他に孫がいたならともかく、蒼士の言うとおり、急にできた初孫だしね。でも、愛情をかけてあげたいって思ってるのは確か。だって」

「だって？」

「あの子、楓のちっちゃい頃にそっくりなんだもの」

目尻に皺を寄せて母さんは笑った。

僕は下唇をむっと尖らせる。その顔を見てか、母さんはなおさら笑う。

「蒼士は？　麦ちゃんを姪っ子だって思ってる？」

「そんなの無理に決まってるじゃん」

「そう。まあ、こういうのは簡単じゃないもんね」

「そうだよ」

くるりと母さんに背を向ける。おやすみ、と言うと、背中に向かって「おやすみ」

と返ってきた。

僕は自分の部屋に戻り、電気を消してベッドに潜り込んだ。頭までタオルケットを被り、モルちゃんを抱っこして眠った。

◆

姉ちゃんと麦がやって来て二週間が過ぎた。

我が家には朝から晩まで麦の賑やかな声が響くようになり、それまでの暮らしの雰囲気ががらりと変わってしまった。

僕は「勉強しなきゃいけないから」という学生の本分を武器になんとかひとりの時間を確保してはいるが、自室に籠っていてもどこからか麦の声は聞こえてくるし、たびたび部屋への襲撃も受けている。ゆっくり静かに過ごせるのなんて麦が眠った真夜中くらいだ。いつかはこんな生活に慣れてしまう日が来るのだろうか。少なくとも今のところは、幸か不幸かまったく慣れる気配はないけれど。

姉ちゃんは、麦と遊んだり、親らしく世話をしたりすることもありつつ、基本は常にどこか上の空で、だらけて過ごしていることが多かった。

仕事を探そうともせず家でゴロゴロしてばかりの姉ちゃんは、かなりうざったいし、邪魔でしかない。姉ちゃんを見るたびに僕は苛立っていたが、僕が何か言ったところで姉ちゃんに効きはしないことくらいわかっている。言い争いにすらならない不毛な喧嘩を吹っ掛ける気にはならなくて、僕は腹の虫をぐっと抑え、母さんが姉ちゃんを叱ってくれるのを黙って期待していた。

しかしいくら待っていても母さんは姉ちゃんを自由にさせていた。元々子どもに口うるさく言うのは父さんで、母さんは何も言わないタイプではあったが……この姉ちゃんの現状を見ていても、やはり母さんは姉ちゃんを叱らないのだ。

「ねえ、姉ちゃんこのままでいいの？」

堪らず僕から声をかけた。姉ちゃんにではなく母さんに、というのが、自分のへたれなところであるとは自覚している。

母さんは「うん、いいの」と答えた。悩んだ様子はなく、困っているようでも、諦めたふうでもなかった。

「楓は今、休ませなきゃいけないときなんだと思う。だから蒼士ももう少しだけ我慢して、そっとしといてあげなさい」

納得はできなかった。けれど母さんがそう言うのなら、僕もそうするしかなかった。

僕から姉ちゃんには何もできないし、それに、姉ちゃんたちが家に来てから一番大変な思いをしているは母さんなのだ。その母さんが放っておけと言うのだから放っておくしかない。

姉ちゃんたちが来てからの母さんは、それまで以上に毎日忙しそうだった。姉ちゃんの代わりに麦の相手をし、増えた人数分の家事もひとりでこなす。大変なのは間違いない。ただ最近の母さんは、僕の目には、どこか生き生きしているようにも見える。

母さんは元来大人しい人だ。亭主関白な父さん同様、今の時代にそぐわない、古い母親像そのものといった印象の人。外に働きに行かずに家を支え、父さんの言うことに文句ひとつ言わず、黙々と家事をこなし淡々と家族の世話をする。

嫌な言い方をすると、母さんは、うちの家政婦みたいな存在だった。父さんが単身赴任を始めこの家からいなくなっても、その性質は変わることはなかった。

姉ちゃんが戻ってきてからは、少し違う。自分の意見を言うようになり、僕にも手伝いなどを指示するようになった。

姉ちゃんに何も言わないのも、母さん自身がそう判断しているからこそのようだ。これまでの日々とは違う、ハリボテみたいな家族の生活を、母さんなりにいろいろ考えながら、どうにか必死に、でも前向きに、過ごそうとしているのかもしれなかった。

◆

午前の授業を終え、清高と購買に行こうとしたところで、担任の先生に呼び止められた。僕は清高におつかいを頼み、先生と一緒に職員室に向かった。

日々目立たず騒がず大人しく生きている僕は、先生に呼び出されることなど滅多にない。なんの話だろうかと緊張しながらこっそり冷や汗を掻いていると、先生は僕の進路希望調査票を机に置き、「真山の進路希望のことだけど」と話を切り出した。

「あ、はい。なんか不備ありました？」

「いや、そうじゃなくて……真山が第一志望に書いてるこの大学、どうしても行きたい理由があったりするのか？」

微妙に遠回りな質問に、僕は首を傾げる。

「いえ別に。自分の学力に合ったところを書いただけですけど」

「なるほどなあ」

「もしかして間違えてました？　僕の成績じゃ難しいところでしたか？」

率直に訊き返してみた。もしそうだとしても、先生に言ったとおり、どうしてもそこに行きたいわけじゃない。無理だと言われれば、合うレベルの学校を選び直せばいいだけの話だ。

「違う違う。先生が言いたいのは、その逆で」

先生が慌てて右手を振る。

「真山は成績安定してるから、今から頑張れば、もっとランクが上の大学も目指せるだろうと思ったんだ」

「はあ。もっと上……」

「ここでも悪くないけど、真山が志望してる学部なら他にも良さそうなとこあるから」

他のところも検討してみるといい、と先生は言った。僕はもう一度「はあ」と気の抜けた返事をする。

「えっと、考えておきます」

「うん。先生のほうでも何ヶ所か見繕《みつくろ》ってみるな。まあ、まだ二年だからそんなに気負う必要はないけど、今からだからこそやれることもあるから」

「はい。わかりました」

ありがとうございます、と頭を下げ職員室を出た。

教室へ戻ると、清高がパックのコーヒー牛乳を飲みながら僕の隣の席で待っていた。

「おかえりぃ。蒼士のパンも買ってきたよ」

「ありがと」

椅子に腰かけて、メロンパンの袋を開けた。このメロンパンは購買のパンの中で一番人気の商品だ。さっくさくのクッキー生地とふわふわの中身がとんでもなく素敵に美味しいのである。

「先生なんだって？」

同じくメロンパンの袋を開けた清高が、たいして興味なさそうに訊いてきた。ついさっきの先生とのやりとりを教えると、清高はメロンパンを頬張ってハムスターみたいな顔になりながら「すげえじゃん」ともごもご言った。

「おれなんて提出したその場でおまえには厳しいぞって言われたのに」

「別に清高の希望の大学書いたわけじゃないんだから、何言われたっていいんじゃないの？」

「それはそれ。厳しいなんて言われたらショック受けるじゃん」

と言いつつも、まるで何も気にしていないような顔で清高は次のひと口を齧《かじ》る。僕も大きく口を開けてメロンパンを食べた。うん、今日のパンも美味しい。

「で、どうすんの？　ランク上げるの？」

「いや……たぶん変えない」

「えっ」

清高が口から粉を噴き出したから、僕はさっとそれを避ける。

「ちょ、きたな」

「ごめんごめん。でももったいなくない？　せっかく先生から言ってくれてんのにさ」

「だって、前からもうここって決めて、そこに合わせてやってたから、今さら変えろって言われても困る」

「ええ？　別に蒼士だってどうしても行きたい大学ってわけじゃなかっただろ？」

「そうだけど、そこら辺のラインってのは絞ってるし、結局は今から頑張ればってことだから。これ以上努力してまで上目指す気はないかな。僕のレベルなら今の進路で十分っていうか、無理して躓《つまづ》くほうが嫌だ」

「うぅん、そういうもんかなあ。まあ蒼士がいいならいいんだけどさ」

「僕自身は満足してる」

ふうん、と清高は言って、ふたつ目のパンに手を伸ばした。僕はパックのバナナオレを開けて細いストローを挿し込む。

「蒼士は昔っからそんなだよなあ」

呆れたふうでもなく、清高は、なんでもないことのように呟いた。

「おまえの姉ちゃんとは真逆だな」

僕は黙ってバナナオレを啜る。机の上の菓子パンはあとみっつ。次はどれを食べようかと考えている。

「あ、じゃあさ、蒼士が志望校変えないなら、あとはおれが頑張れば大学同じとこ行けるじゃん」

歯形の付いたあんぱんで清高が僕を指した。僕はこっちを向いたあんぱんをぺしりとはたく。

「清高、別に僕と同じとこ志望してるわけじゃないくせに」

「いやいや、おれら幼稚園から一緒なんだから、いっそ大学まで行っちゃったほうが面白くない?」

「そんな理由で志望校決めていいのかよ。僕よりやばいじゃん」

「おれはどこにいたってやりたいことやれるから大丈夫なんだよ」

妙に自信ありげに清高が言うから、僕は思わず笑ってしまった。未来がどうなるかはわからないけれど、確かに、それは面白そうだなとは思っていた。

家に帰ると、すぐに母さんからおつかいを頼まれた。味噌を切らしていたのを忘れたらしい。夕飯に味噌汁が欲しけりゃ買ってこい、と脅されたので、僕は千円札を受け取り、言うとおりにおつかいに出かけることにした。

鞄だけ置き、念のため自分の財布を持ってから、制服のままでスニーカーを履き直していた。すると、小さなポシェットを持った麦が玄関にやって来た。ポシェットにはライオンのキーホルダーがぶら下がっていた。

「麦もいく」

と、僕の隣に座り麦は自分の靴を履き始める。

「いや、そこのスーパー行くだけだよ」

「しってる。麦もいく」

僕は助けを求め振り向いた。姉ちゃんはいない。「ちょっと」と呼ぶと、台所から母さんがひょこりと顔を出した。

「何？」

「なんか麦も行こうとしてるんだけど」

「あらあら、麦ちゃん、お夕飯作るの手伝ってくれるんじゃなかったの？」

「てつだう。でも、あおしくんとおつかいもいく」

「あらあら」

僕は心底嫌な表情を浮かべて、面倒だから嫌だ、と必死に母さんに伝えた。母さんには、伝わっていたと思う。でも、受け取ってくれることと気持ちを汲んでくれることはまったく別物であるようだ。

「そう。じゃあ気を付けて行っておいで。寄り道しちゃ駄目だよ」

「うん！」

今の僕は大仏の顔になっていると思う。そんなにおつかいに行きたいのなら麦ひとりで行ってほしい。

「今の時間は車が多いから、危なくないようにちゃんと蒼士と手を繋いでてあげてね」

「うん」

「蒼士のことよろしくね」

「うん。麦があおしくんのことまもるから、だいじょうぶ」

立ち上がると、麦のほうから手を繋いできた。見下ろしたら、まかせて、とでも言いたげな頼もしい顔付きで頷かれたから、僕はそっとどこでもない場所を見た。

「じゃ、ばあば、いってきます」

「はい、いってらっしゃい。あ、ついでに牛乳も買ってきて」

「いいよ！」

母さんに見送られ、僕らは家を出発する。目的地のスーパーは道を真っ直ぐ、歩いて五分ほどで、あっという間に着いてしまう。その間、麦は僕の手をぎゅっと摑んで離さず、僕のほうを時折見上げては気にしながら歩いていた。どうやら本当に僕の保護者となって守っているつもりのようだ。

僕は溜め息を隠さずに吐きながら、いつもよりもゆっくりと、慣れた道を歩いていく。

スーパーに着くと、まず味噌を探し、それから乳製品のコーナーに向かった。いつも買っているのと同じ牛乳を選び、賞味期限の長いものを奥から引っ張り出す。一番新しい牛乳を二本手に取って、さてレジに行こうかと振り向くと、味噌を持った麦が、何やらどこかを見つめていた。視線の先は、アイスクリーム売り場だった。

「アイス食べたいの？」

訊くと、麦はちょっと悩んでからこくりと頷いた。

「一個だけなら買ってやってもいいけど」

「……でも、ごはんたべるまえにたべたら、ばあばにおこられる」

「アイスくらいどうってことないよ。家に帰る前に食べちゃえば大丈夫だって。内緒にしてたら怒られないから」

「……ほんとに？」

「ほんとに」

じゃあかう、と麦はあっさり心を決め、意気揚々とアイスを選び始めた。棒付きのチョコレートアイスを選んだから、僕も同じものを手に取り、レジに向かった。

スーパーを出て、近くの公園のベンチに陣取り、エコバッグからアイスをふたつ取り出した。ひとつは麦の。もうひとつは僕の。麦は、僕も共犯だからか、叱られる怖さも罪悪感もすでに微塵もないようで、躊躇《ためら》うことなく嬉々としてアイスのパッケージを開けていた。

「いただきます！」

どこにでも売っている安いアイスだ。でも高級店の絶品スイーツでも食べているみたいに、麦はひと口齧るごとに歓喜の雄叫びを上げる。

僕は、遊具で遊ぶ小学生たちを眺めながら、チョコとバニラの甘いアイスを頬張った。

そういえば麦とふたりだけで過ごすのは初めてだ、とふいに気づいた。

「ねえ、麦ってさ、うちで過ごすの楽しい？」

なんとなく訊いてみた。唐突だったけれど、麦は不思議がることもなく、悩むこともなく答える。

「うん。たのしい」

「でもさ、麦は僕たちのこと知らなかったわけじゃん。ママの都合で急に僕らと一緒に暮らすことになるの、嫌だなあって思わなかったの？」

「ううん。麦、しってたよ」

「知ってたって？」

「あおしくんたちのこと」

え、と声を上げた。

麦は落ちそうなチョコの欠片を指でつまんで口に入れた。

「ママおしえてくれた。いつもいってた。ばあばのことも、あおしくんのことも、じいじのことも」

僕は、手をベタベタにしてアイスを食べながらぽつりぽつりと話す、麦の尖った唇を見ている。

「あいたいって麦がいったら、あえないんだよっていってたけど」

「……そう」

遠くに暮らす家族のことを娘に話すのは当たり前のことかもしれない。だが僕らに限ってはそうではない。姉ちゃんが麦に、僕らの話をしていたことは、僕にとって意外でしかない。

そうか。姉ちゃんは、僕らのことを麦に教えていたのか。遠く離れた土地で、まったく違う生活をしていても、姉ちゃんは僕らのことを覚えていて、他に家族がいるんだよと、麦に話していたんだ。

僕らは、姉ちゃんが捨てた家族なのに。自分の夢のために、姉ちゃんはこの家を捨てたのに。

「だから、みんないっしょなの、うれしい」

麦が僕を見上げ、にぱりと笑った。僕は何も言わず、棒にしがみついたアイスの最後のひとかけを口に放り込んだ。

僕が出かけていたからか、珍しく姉ちゃんが夕飯の支度を手伝っていた。

玄関を開けたところで、台所から出てきた姉ちゃんに出くわした。姉ちゃんは「あ、おかえり」と言いながら、小皿の載ったお盆を持って居間へと入っていった。靴を脱ぎ捨てた麦が姉ちゃんを追いかけて居間へ突撃していく。僕は自分のスニーカーだけ揃えて、ひっくり返った麦の靴はほったらかしにした。

「ママただいまぁ！　おつかいできたよ！」

「そう。頑張ったね」

「うん！　あおしくんもがんばった！」

麦はほっぺたを姉ちゃんにくっつけながら、嬉しそうに今日の短い冒険譚《ぼうけんたん》を話して聞かせていた。しかし、ふと姉ちゃんに、

「麦、何か食べた？」

と言われ、「はぁっ！」と誤魔化《ごまか》しようのない叫びを上げて語りを止める。

麦がばっと僕を振り向いた。やばい、とモロに顔に書いてあって、僕はつい笑いそうになった。

「あー、えっと、なんで？」

麦の代わりに僕が言う。疑問は本心からである。麦の口も手も公園で綺麗に洗い、きちんと証拠隠滅したのだから。

「なんとなく。そう訊くってことはやっぱ食べたんだ」

「えっと、うーん、どうだったかなあ」

「蒼士も食べたの？　何食べた？」

「……アイス」

「ママ、あのね、麦がたべたいっていったんだよ。あおしくんも、たべたけど、でもね、

麦がさいしょにたべたいってなって」

　麦は必死に姉ちゃんのＴシャツの裾を引っ張った。僕は、今まで鬱陶しい奴だなと思っていた麦のことを、初めてちょっとだけいい奴だな、と思った。

「うん、そっか」

「だから、あのね、えっとね」

「アイス美味しかった？」

「お……おいしかった。すごく。すごかった」

「そう、よかったね」

「……おこらない？　ごはんのまえにアイスたべたの」

「たまにはいいんじゃない。おつかい頑張ったご褒美《ほうび》ってことでさ」

「でもばあばは……おこるかも」

「怒らないと思うけど、でも、そうだね、ばあばには内緒にしとこう。ママと蒼士と麦の三人の秘密ね」

　姉ちゃんが人差し指を唇に当てると、麦も真似をした。今にも泣きそうだった表情はあっという間に笑顔に戻っていた。

「でもごはんはちゃんと食べようね」

「おなかぺこぺこだからだいじょうぶ！」

「育ちざかりは頼もしいね」

姉ちゃんが麦の頭を撫でた。麦はくすぐったそうな顔をして、姉ちゃんにぎゅっと抱きついていた。


食事をし終え、僕と母さんとで片づけをし、姉ちゃんと麦は先に風呂に向かった。母さんが食器を洗い、僕はそれを布巾で拭く。シンクに並んで黙々と作業をしていた中、僕は、半分ひとりごとのつもりで零した。

「姉ちゃんってさ、一応麦のこと可愛がってるし、わかってもいるんだね」

アイスを食べたことを言い当てたとき、ちょっと驚いてしまった。姉ちゃんは「なんとなく」と言っていたが、なんとなくわかったのは、いつも麦のことを見ていたからなのだろう。

「そりゃそうでしょ。今までちゃんと麦ちゃんのことを育ててきてるんだもの」

母さんがスポンジに洗剤を足しながら言う。

「いや、でもいつもぐうたらしてて、あんまり麦に構ってるとこも見てないし」

「それでも楓は親ってことよ。今はちょっと手抜き中なだけ。麦ちゃんへの愛情が減ってるわけじゃないの」

僕はいまいち納得できず、ぐにぐにと首を傾げる。

「姉ちゃんが何したいのか、何考えてんのか、全然わかんないよ」

昔の姉ちゃんはもっとわかりやすかった。考えていることがはっきりしていて、すぐに言葉や行動に表すから。今の姉ちゃんは、何を考えているかさっぱりわからない。

「そうだね。お母さんも、楓の思いはよくわからない」

意外にも母さんは僕に同意した。「母さんも？」と訊くと、うんと頷く。

「うちにいない間に何があったか話してくれないし。どうして戻ってくる気になったのかも、楓は言わないし」

でもね、と母さんは続ける。

「楓が何を考えていたとしても、お母さんは今度こそ、楓の味方をしてあげたいのよ」

力こそない声だった。けれど揺るぎない響きがあった。

たぶん、ずっと考えていたことだったのだろう。そしてずっと、決めていたことだったのだと思う。

「あのときのお母さんを、楓は許してないかもしれない。でも、家族を頼ってうちに来てくれた今、今できることをやろうと思うの」

「……」

「お母さんにできることはね、きっと、楓がゆっくりと心を休められる場所を作ることだと思うから。楓と麦ちゃんが安心して過ごせる居場所をね。だから今は、これでいいのよ」

僕は、何も言えなかった。今僕の胸を切り開いたら、いろんな言葉が溢れ出てくるのだろうけれど。そのひとつだって声にならなかった。僕は昔から、本当に言いたいことほど口に出すことができないのだ。

厳格な父さんと、父さんの三歩後ろを行く母さん。そして、親の言うことを大人しく聞き、平凡な道を行く僕。

僕にとっての家族は、それが当たり前だった。

だからその形を壊す存在が——姉ちゃんの存在だけが、僕にとってはやけに歪《いびつ》に、それでいてはっきりと大きく鮮やかに、見えていたのだった。

七歳

「じゃあ、月曜日までに作文を書いてきてください」

はあい、というみんなの返事が教室に大きく響いた。僕もみんなと一緒に、小さな声で「はい」と言った。でも心の中ではどうしようって思っていた。

将来の夢。未来の自分について自由に作文を書いてください、って先生は言った。

隣の席の子は「イチゴのケーキ屋さん」と書くみたい。後ろの席の子は「宇宙人と友達になる」。前の席の子は「お菓子工場の工場長」。みんなすぐに書きたいことが決まっていた。僕は、机に置かれた真っ白のプリントを見ているだけで、ここにどんな未来を書けばいいのか、ちっとも思い浮かんでいなかった。

「清高は作文、何書くの？」

学校からの帰り道、僕は一緒に帰っている清高に訊いた。清高も他の子と同じでもう書くことを決めているみたいだった。

「おれは、ジンベイザメになりたいって書くよ」

「ジンベイザメ？」

「知らない？　めっちゃくちゃでっかいサメ」

清高は両手をめいっぱい広げた。でもめいっぱい広げた大きさよりも、本物はもっともっと大きいらしい。僕はジンベイザメを知らなかったから、今度図書室の図鑑で調べてみることにした。

「おれはジンベイザメになって、世界中の海を旅するんだよ」

「へえ、そっかあ。海なあ」

「蒼士は？　将来の夢何？」

「僕は……僕も、ジンベイザメにしようかな」

僕は清高みたいに将来の夢がない。けれど清高と一緒に世界中を旅するのは楽しそうだと思った。清高がジンベイザメになるのなら、僕も同じものになれば、いつまでもふたりで遊んでいられる。

「駄目だよ。それは駄目」

清高が僕の前に立ち塞《ふさ》がった。僕はびっくりして足を止めた。清高のランドセルにぶら下がった給食袋がぼよよんと弾んでいた。

「ジンベイザメはおれのだから。蒼士は別のにして」

「別の……」

「そう。ジンベイザメじゃないのだったらなんでもいいよ」

清高がくるっと前を向いて歩き出す。僕はランドセルの肩ベルトを握り締めて、清高と同じ速さで歩く。

清高の靴のかかとが飛ぶみたいに跳ねていた。僕は、道に転がっていた小石をつま先でぽこりと蹴った。

「蒼士は蒼士のなりたいものにならないと」

清高が言う。僕は「うん」と答えた。自分のなりたいものがなんなのか、自分のことなのに、僕は少しもわからなかった。


お父さんの残業がない日は、夜ごはんは家族四人で一緒に食べるって決まっている。家族が仲良しでいるために大切なことらしいけれど、僕は家族みんなでごはんを食べるのが、実はあんまり好きじゃない。

お父さんが仕事で遅い日は、お姉ちゃんとふたりで食べる。ちょっと寂しいけれど、みんなのときよりも、ちゃんとごはんを美味しく食べられる。

今日は、四人で食べる日だった。夜ごはんの時間になると、お父さんがいる居間にお母さんがごはんを運ぶ。僕も、お茶を運ぶのを手伝った。おかずが全部揃ったところで、お姉ちゃんが二階から下りてきた。

「いただきます」

両手を合わせてからお箸を摑む。今日のごはんは豚汁だった。僕は豚汁が好きだから、嬉しい気持ちでお茶碗を持ち上げた。

「楓、塾辞めようとしてるらしいな」

大根をぱくりと食べたとき、お父さんがそう言った。お父さんはまだお箸も持っていなかった。僕はどきりとする。今日も始まっちゃうんだろうか。お父さんとお姉ちゃんの口喧嘩。

ふたりは仲が悪くて、喧嘩するところを僕はいっぱい見ている。お姉ちゃんのすることにお父さんが怒って、お姉ちゃんがそれに言い返す。僕は、どれだけ見ても全然慣れなくて、いつも心臓がぎゅうってなる。

「……」

四角い机の、お父さんの正面に座ったお姉ちゃんが、お母さんのほうをちらりと見た。お母さんはお父さんがまだ食べ始めていないから、自分も食べようとしていない。

お姉ちゃんが、お箸の先を舐めながら頷く。

「そうだよ。行く意味ないなって思ったから。つまんないし、時間の無駄。塾代払い続けるのだってもったいないでしょ。だからさっさと辞めようと思って」

「勝手を言うな！」

お父さんが怒鳴った。僕はびっくりして、摘まんでいたお肉を落としてしまった。

「意味がないわけないだろ。もうすぐ受験もあるんだぞ」

「わかってるって。それなりには勉強してるから大丈夫」

「それなりじゃ足りないから言ってるんだろうが。いい高校に入るためには怠けている暇なんてないんだからな」

「お父さんの言ういい高校ってのは、単に偏差値が高くて勉学を最優先するようなところでしょ。わたしは、そんな大学に行くためだけに通うみたいな、つまんない学校に行く気はないよ。わたしに合った、高校生活を楽しめるところに行く」

「何を言ってる。高校は、父さんの決めたところに行くと約束しただろ」

「した覚えないし、するわけないじゃん。お父さんが勝手に言っただけでしょ」

「なんだって？」

お父さんの声はどんどん低くなっていた。お姉ちゃんは少しも気にすることなく、豚汁の具をめいっぱいお箸で掬って食べている。

「……いいか楓」

お父さんは大きく息を吸ってから、静かに言った。その声は僕に向けられているわけじゃないのに、僕はすごく怖くなって、お父さんを見ることができなくなっていた。

「質のいい学校に行かないと、まともな大学に入れない。そうなればおまえの将来に響く。全部おまえのためなんだ。学生のうちから真面目に勉強していれば、社会に出てから苦労しない」

もしも言われていたのが僕だとしたら、怖くてすぐに「はい」って言ってしまいそうだ。でもお姉ちゃんは言わない。いつも、絶対に、お父さんの言うことに「はい」なんて言わない。

「高校を出て大学に行くとも限らないし、どこに行ったたって選択肢はいくらでもある。いい大学を出ることだけが正解みたいな考え方は古いよ。お父さんは視野が狭いんだって。普通の生き方みたいなのにこだわりすぎなんだよ」

「違う。おまえの考えが甘いんだ。普通じゃない生き方をするのがどれだけ大変かわかってない。安定した人生を送るためには努力が必要で」

「その安定した人生って何？　わたしがさ、いつそれを望んだよ」

お姉ちゃんがお茶碗をテーブルに強く置いた。コップの中のお茶がぐわんと揺れて零れた。

「お父さんはさ、いつもそうだよ。全部将来のため、わたしのためって。でもそれって本当にわたしのことを考えてるわけ？　本当は全部自分のためなんでしょ。自分の娘が馬鹿な学校行くのも、ロクな仕事に就かないのも、お父さんが恥ずかしいから」

「そうじゃない。楓のためだって何回言えばわかるんだ」

「お父さんの理想をわたしに押し付けないで。わたしは、わたしのやりたいことをやる」

お姉ちゃんが立ち上がる。もう話をしたくないって言っているみたいだった。

居間を出て行こうとしたお姉ちゃんは、けれどぴたっと足を止めてお母さんのほうを見る。

「お母さんも言いたいことがあるならわたしに直接言えばいいじゃん。お父さんにチクることしかしないで、自分は何も言わないとか、マジでなんなの？　お母さんも結局お父さんと一緒だよね。お父さんの言いなりで、わたしのことなんて少しも見てくれない」

「楓！」

「お父さんはさ、もしかしてわたしにも将来こういう女になれって言ってる？　それなりの学校出てそれなりの仕事就いて、そこでそれなりの結婚相手見つけて、家庭に入って、夫に従順な妻になる。ねえ、まさかそれがわたしの幸せだとでも思ってんの？　だとしたら最悪だよ。それこそ本当に、生きてる意味なんて少しもない」

お父さんの声を無視して、お姉ちゃんは二階に行ってしまった。お姉ちゃんも好きなはずの豚汁は、半分も減っていなかった。

「蒼士」

とお父さんが呼ぶ。僕は目だけちらりとお父さんへ向ける。

「おまえはああなるんじゃないぞ。真面目に勉強して、道を外れずに安定した生き方をするんだ。それが絶対、おまえにとって一番いいことなんだ」

お父さんは僕を見ていなかった。僕は小さな声で「うん」と言った。

ちょっと冷たくなってしまった豚汁をすする。美味しいはずなのに、大好きなのに、全然味がしなかった。


小学生になってから、僕ひとりの部屋をもらった。お父さんが、小学生になったなら、もういろんなことをひとりでできるようにならなきゃいけないからって。

僕の部屋は、二階のお姉ちゃんの隣の部屋だ。僕だけの部屋ができたときは嬉しかったけれど、ずっとお母さんと寝ていたから、最初はひとりで寝るのが寂しかった。今は平気だ。でも時々、怖い夢を見たときとか、ひとりで寝たくないときに、お姉ちゃんの部屋に行って一緒に眠っていることは、お父さんとお母さんには内緒にしている。

ごはんを食べてお風呂に入ってから、僕は自分の部屋で宿題をしていた。「将来の夢」

について書く作文だ。

一ねん三くみ、まやまあおし。名前を書いてから、『ぼくのゆめは』と書いて、ずっと鉛筆は動かなかった。悩んでから、やっと書き始めて、でもやっぱりそれを全部消して、また新しく書き始めた。

すると、お姉ちゃんが部屋に入ってきた。夜ごはんをほとんど食べていないからお腹が空いているみたいで、ポテチの袋を持っていた。

「あれ、暇だから遊ぼうと思って来たのに、宿題してんの？」

「うん」

お姉ちゃんは僕の勉強机にお尻を載せて、ポテチの袋を開ける。

「作文？」

「うん。将来の夢を書くの」

「蒼士はなんて書いてんの？」

「こうむいん」

「公務員？」

お姉ちゃんはうすしお味のポテチを三枚重ねて食べながら、大嫌いなピーマンを食べたときみたいな顔をした。

「あんたさ、それが本当にあんたがなりたいものだったらいいよ。公務員ったってい
ろいろあるけど、まあどれも立派な仕事だと思うし。でもあんたがそう書くのは、ど
うせお父さんに言われたからとか、そんな理由でしょ」
「なんでわかったの？」
「ほらやっぱり。何小学一年生がクソつまんないことしようとしてんの。もっとさ、
夢見なきゃ駄目だって」
「夢？」
「自分のやりたいことだよ。就きたい職業だけじゃなくて、火星に行きたいとか、日
本一のギャルになりたいとかなんでもさ。んな作文で将来が確約されるわけでもない
んだし、もっとありえないことだって自由に書いていいんだよ」
お姉ちゃんは、塩の付いた右手をおおげさに振り回しながら言う。
「でも、お父さんが、いつもお姉ちゃんに言ってるじゃん」
「馬鹿みたいな夢を語るな。現実的に将来を見据えて生きろ、って？」
「うん……」
だから僕は、夢を持つのはいけないことなんだって思ってる。叶えられるかもわか
らない夢を見ちゃ駄目なんだ。それよりも、大人になって大変な思いをしないように、

お父さんの言うとおりにしないといけない。

「お父さんの言うことなんて聞かなくていいよ」

「むぐ」

お姉ちゃんが僕の口にポテチを一枚突っ込む。

「お父さんはさ、自分がそういう人生歩んできたから、自分が正しいと思い込んでるだけ。他の生き方を知らないんだよ。わたしたちに自分の考えを押し付けてるだけなんだって。いいじゃん別に、自分のやりたいことやればさ。それが普通と違うことだったとしても、わたしはそれが間違ってるとは思わないよ」

僕はポテチをもそもそと食べた。夜におやつを食べるのは駄目って言われているけれど、ポテチ一枚だけだし、まだ歯磨きをしていないから、大丈夫ってことにしよう。

「っていうか、わたしは、誰かと同じような平凡な生き方をするほうがよっぽど嫌。そんなの、わたしがわたしである意味ない。誰かに決められた人生なんて、意味がない」

蒼士もそう思うでしょ、とお姉ちゃんは言う。よくわからないからぐねぐねと首を傾げると、お姉ちゃんは変な顔をして鼻をフンと鳴らした。

お姉ちゃんのまん丸い大きな目が僕のプリントを覗く。プリントは、まだ半分も埋まっていない。

「消し跡あるじゃん。最初は違うこと書いてたんじゃないの？」

そう言われて、つい腕でプリントを隠してしまった。でももう見られているのだから意味がない。僕はおずおずと腕を戻して、うん、と小さく頷いた。

「……シロナガスクジラ。シロナガスクジラになりたいって、書いてた」

「へえ、いいじゃん。それのがずっと面白いよ」

お姉ちゃんが笑った。僕はちょっとだけ照れ臭くなった。

「でもなんでシロナガスクジラ？」

「あのね、清高が、ジンベイザメになりたいんだって。それで、世界中の海を旅するんだって。だから僕も、清高と一緒に旅できるように、シロナガスクジラになる」

「ありゃ、それも清高くんに合わせた答えだったか。あんたの夢とは言えないけど、まあお父さんの言いなりになるよりかはマシかな」

お姉ちゃんは大きなポテチをひと口で食べた。僕は『こうむいん』と書いていたのを消して、『シロナガスクジラ』と書き直した。

「お姉ちゃんの将来の夢って何？」

消しカスをプリントの外に飛ばしてから、お姉ちゃんを見上げる。お姉ちゃんは自分の指を舐めながら「そうだなあ」と呟いた。

「わたしはいっぱいありすぎて決まんないんだよね。ウエディングドレスのデザイナーに憧れてるし、イルカのトレーナーにもなりたいし、宇宙にも行きたいし。プラネタリウムの経営もしたいな。あと、英語喋れるようになりたい。楽しそうじゃない？」

「楽しそう。でも、宇宙に行くんだったら塾行ったほうがいいと思う。宇宙飛行士はね、頭よくなきゃなれないんだって」

「あはは、確かにね」

僕は将来の夢を訊かれても、こんなふうに答えられない。だから、やりたいことがたくさんあっていろんな夢を持っているお姉ちゃんを、すごいなあって思った。

◆

僕の書いた作文は、先生にちゃんと褒《ほ》められた。お母さんには見せたけれど、お父さんには見せなかった。

作文が返ってきてから何日か経った日。その日は学校が終わってから、公園で清高と遊ぶ約束をしていた。通学路の途中で清高とバイバイをして、家に帰ってランドセルを置いてから、お母さんに遊んでくることを言って、サッカーボールを持って家を出る。

　急いで走ったけれど、清高は先に公園に着いていた。清高もサッカーボールを持っていたから、僕らは公園のグラウンドの隅っこでリフティングの練習をしたりして遊んでいた。

「ねえ、あれ、蒼士の姉ちゃんじゃやない？」

　途中、疲れたから水飲み場で水を飲んでいると、清高がそう言った。口を拭いながら顔を上げる。清高は、公園の反対のほうを指さしている。

　そっちは何個かの遊具がある場所だ。見ると、ジャングルジムの向こうにあるベンチに、お姉ちゃんと、中学のセーラー服を着た女の子がひとり、並んで座っていた。本か何かを読んでいるみたいだ。

「璃子《りこ》ちゃんだ」

　一緒にいる人には見覚えがあった。何回かうちに来たことのある人だ。お姉ちゃんと同じクラスの友達だって言っていた。

「勉強でもしてるのかな」

「行ってみる？　蒼士の姉ちゃん、いつもお菓子持ってるから、なんかくれるかも」

「うん」

僕は清高と一緒にお姉ちゃんのところに行った。近づくと、お姉ちゃんが僕らに気づいて「げっ」と声を上げた。

「蒼士、あんたなんでいんの」

「あっちで清高と遊んでた」

「蒼士の姉ちゃん、お菓子持ってる？」

「清高くんってすぐわたしにたかるよね。飴ならあるけど。イチゴミルクとパインどっちがいい？」

「パイン」

お姉ちゃんは僕と清高の手に一個ずつパイン飴を落とした。これをやるからとっととどっかに行け、とお姉ちゃんは顔と態度と言葉で示していた。

けれど僕は珍しく、お姉ちゃんの言うことを聞けなかった。璃子ちゃんが膝に置いていた本に興味を持ってしまったからだ。学校の教科書じゃないみたい。お姉ちゃんが時々読んでいる小説とも違う。なんだろう。

「それ何？」

と僕が璃子ちゃんに訊くと、どうしてかお姉ちゃんがすごく嫌そうな顔をした。

「あんたには関係ないもの。ほら、お姉ちゃんたちは勉強中なの。あんたらはさっさとサッカーしに行け」

「でもそれ、教科書じゃないよね」

「あ、ほんとだ。おれ知ってるよ。劇の台本でしょ」

清高が本を覗き込んだ。お姉ちゃんはムカデを見つけたときみたいな顔になっていて、璃子ちゃんのほうはほこほこと笑っていた。

「よく知ってるね。そうだよ。これはお芝居の台本」

璃子ちゃんが僕らに本を見せてくれる。登場人物の名前と、セリフが書いてあるん
だって璃子ちゃんは言った。ちょっとだけ読んでみたけれど、漢字が多くてよくわか
らなかった。

「わたしね、市民劇団に入ってるんだ。これは今度の公演の台本なんだよ。今わたし
たち、お芝居の練習をしてたの」

「お芝居?」

「そうだよ。楓と一緒にね」

ね、と璃子ちゃんに言われて、お姉ちゃんは諦めたみたいに大きく息を吐いた。

「そう。今度の舞台、子どもの役がちょっと多くいるらしくて。でも璃子の劇団って
大人の人のが多いんだって。だから助っ人を頼まれてさ、わたしも出ることになった

んだよね。わたしの出番はほんのちょっとだけだけど」

　お姉ちゃんが自分の台本を見せた。ペンで塗ってあるところがお姉ちゃんの喋るところみたいだ。ほんのちょっとって言っていたけれど、お姉ちゃんのセリフはみっつもあった。

「楓は見た目に華があるから、演劇向いてるって前から思ってたんだよね」

「やめてよ。演技自体はど素人だし、向いてるかなんてやってみなきゃわかんないって」

「その演技も、結構才能あると思うんだけどなあ」

「だからハードル上げるのやめてって言ってるじゃん」

「すごいねお姉ちゃん」

　僕の声は、僕が思っていたよりも大きく響いた。お姉ちゃんが珍しく驚いた顔をして僕を見た。

「僕、観に行きたい」

「おれも。おれも観たい！」

　清高が元気よく右手を挙げる。

「……ありがと。まあ、観に来たいなら来てもいいよ。でも」

「でも？」

「お父さんとお母さんには絶対に言わないで」

お姉ちゃんが僕のお腹を指でぶすりと刺した。僕が「うっ」となると、清高が刺されたところをさすってくれた。

「……なんで言っちゃ駄目なの？」

「なんでって、当たり前でしょ。お父さんに知られたら絶対にやめろって言うに決まってるから」

「そうかな」

「そうだよ。遊んでる暇があるなら勉強しろって、うちのお父さんは言うんだよ」

お姉ちゃんは俯いた。璃子ちゃんがお姉ちゃんの肩にぽんと手を置いた。

僕は、何か言おうとして口を開けて、でも何も言わずに閉じた。だって、確かにお姉ちゃんの言うとおりだなって思ったから。お父さんが知ったら、お姉ちゃんが劇に出るのを辞めさせるかもしれない。僕は、お父さんの言うことはちゃんと聞かなきゃいけないと思っているけれど、お姉ちゃんが劇に出るところは見たいなって思う。

やっぱり、何か言わなきゃと、お姉ちゃんに話しかけようとした。すると、お姉ちゃんが、鬼みたいに目を吊り上げながらぐわっと顔を上げた。

「だから言わないでよ。もしもばらしたら……めちゃくちゃ泣かすから」

僕はおしっこをちびりそうになりながら頷いた。清高も、僕の服を握り締めながら、同じように頷いていた。

家では、お姉ちゃんは劇の話をまったくしなかった。台本も持ち帰っているけれど、絶対にお父さんやお母さんに見つからないようにしている。お父さんとの喧嘩はちょっと少なくなった。お姉ちゃんが自分の部屋に籠ることが多くなったからだった。

実は部屋の中でずっと劇の練習をしているお姉ちゃんのことを、お父さんは「熱心に勉強している」と思っているみたいだ。

「楓もようやく理解したか」

と言っているのを聞いて、僕は心臓がどきどきしてしまった。何回かついうっかり喋ってしまいそうになったのだけれど、お父さんにもお姉ちゃんにも怒られるのが怖くて、ぎゅっと口を閉じて必死に内緒にしていた。

劇の本番の日は、僕がお姉ちゃんの秘密を知った日から、二回目の日曜日だった。

お姉ちゃんは「友達と勉強会してくる」と言って朝早くに出かけて行った。最近真面目にしていたから――本当は、真面目な振りをしていただけだけれど――お父さんはそれが嘘だと思わずに、「あまり遅くなるなよ」とお姉ちゃんを送り出していた。

お姉ちゃんが出かけてからしばらくして、清高と清高のおばあちゃんが僕の家にやって来た。約束どおりの時間だった。ピンポンが聞こえてすぐにリュックを背負って、僕は階段を駆け下りる。

「蒼士、おはよ!」

玄関の外から、清高とおばあちゃんが手を振っていた。

「おはよう清高」

「晴れてよかったな！　早く行こうぜ」

「うん」

僕は一番お気に入りのスニーカーを履いていくことにした。紐をちょうちょ結びにしている間に、お母さんが清高のおばあちゃんに「よろしくお願いします」と言っていた。お母さんには、清高たちと出かけることはずっと前から教えてある。もちろんお姉ちゃんのことは喋っていない。

「よし」

立ち上がってつま先をとんと蹴った。先に門の外に出ていた清高を追いかけようと、右足を一歩踏み出した。そのとき、

「蒼士、どこに行くんだ？」

お父さんの声が聞こえてぴたっと足を止めた。そのまま後ろを振り返る。廊下の真ん中で、お父さんが腕を組んで立っていた。別に怒られているわけじゃないのに、僕はいけないことをしているような気になってしまった。

「あの、市民会館でやる劇、観に行く」

「劇？」

お父さんが眉毛を寄せる。僕はこくりと首を縦に振ったまま、下を向いて、顔を上げられなくなってしまった。

喋れなくなった僕の代わりに、清高のおばあちゃんがお父さんに話してくれる。

「市民劇団の公演があるんです。知り合いからチケットを貰ったので、子どもたちを連れて行こうと思って」

清高のおばあちゃんはお姉ちゃんのことを知っていた。お父さんたちには秘密にしてねってこともきちんと伝えられている。

清高のおばあちゃんなら大丈夫、とお姉ちゃんが言っていたとおり、おばあちゃんはちゃんと内緒にしていた。でも、嘘も言っていなかった。おばあちゃんってすごいなと僕は思う。

「そうでしたか。楽しんできてくださいね。蒼士、ご迷惑をおかけしないようにな」

「うん」

「いってらっしゃい」

と言われ、いってきますと返事をした。玄関を飛び出してからは、一回も振り向かないで歩いて行った。


僕らが着いたのは、劇が始まる三十分くらい前だった。まだ時間はあるけれど、市民会館にはもうたくさんのお客さんが集まっていた。

お姉ちゃんに貰っていたチケットを受付で渡して、少し薄暗い会場の中に入っていく。斜めになった客席が、奥までとうもろこしみたいに並んでいた。天井ははしご車がないと登れそうにないくらい高くて、よく見ると、二階にも少しだけ席があった。小学校の体育館よりは狭いけれど、椅子の数は、数えるのが面倒臭くなるくらいはたくさんある。

みんなの声がざわざわと、ちょっとこもって聞こえていた。外の空気とは違う匂いがする。僕は、なんとなく、背筋を伸ばさなきゃいけないような気になった。息を吸って胸をむんっと張って、カーペットの階段を転ばないように下りていく。

座席は半分くらい埋まっていた。僕らは真ん中らへんの空いている席に座った。真正面に舞台がある。今はぶ厚いカーテンで見えなくなっているけれど、劇が始まったらあのカーテンが開いて、この席に座る人たちがみんな舞台の上を見る。そこだけが明るくなって、みんなが見ている場所にお姉ちゃんが立つ。

「ふたりとも、まわりの人の迷惑になるから、舞台が始まったら静かにね」

清高のおばあちゃんが唇に人差し指を当てた。「はい」と僕らは言う。

「清高は、もぞもぞしないように。後ろの人が見えにくくなっちゃうから」

「たぶん大丈夫」

「前の人の椅子も蹴っちゃ駄目よ」

「たぶん大丈夫」

ちょっとだけお茶を飲んでから、トイレに行って、観る準備万端で始まるのを待っていた。いつの間にか、たくさんある椅子のほとんどに人が座っていた。

まだかな、と僕は思った。そのとき、照明がすうっと暗くなって、海の音みたいに聞こえていた声が、しんと静かになった。

劇が始まる。

カーテンが開いて、舞台の上にライトが当たった。人が出てくる。お姉ちゃんじゃない知らない男の人だった。ボロボロの服を着て、体中に怪我をして、銃を持って歩いている。

劇の内容は、戦争をテーマにしたものだった。僕が生まれるよりも前にあったこと。僕のおじいちゃんとおばあちゃんが生まれたときくらいの、ずうっと昔のお話だ。

主人公は、行きたかったわけじゃないのに戦争に行かされた男の人。その人と、家族や恋人、身近な人たちの物語。

お姉ちゃんの出番は、劇が始まってしばらくしてからやってきた。小学生や中学生くらいの子たちが何人かで舞台に立っている。お姉ちゃんはその中のひとりだった。

『あたし、死にたくないよ』

そのときまで僕は、劇の内容に飽きて、ほとんど他のことを考えていた。なのにお姉ちゃんの声に、引っ張られるみたいに気持ちを舞台に戻された。

僕の目に、古臭い昔の服を着たお姉ちゃんが見えていた。ううん、どう見ても僕のお姉ちゃんなのに、そこにいるのはお姉ちゃんとは全然違う人だった。目も、表情も、声も、歩き方も、たぶん、心も違う。

『誰に咎《とが》められたって、神様が死ねって言ったって、絶対に、死にたくなんてない』

そこにいるのは、僕の机に勝手に座ってポテチを食べているお姉ちゃんじゃない。

苦しい戦争の中、大事なものをたくさん失くして、それでも希望を失わない、何十年も昔の時代に生きた、知らない女の子だった。

『あたしは生きるよ。みんなはどうする？』

女の子は、悲しみの中で、みんなに未来を訊いていた。

幕が下りて、拍手が響いた。僕もまわりの人たちの真似をして両手をぱちぱちと叩いた。

泣いているお客さんがいっぱいいたから、たぶんいいお話だったんだと思う。僕は、正直に言うと、よくわからなかった。人が死んじゃうシーンは悲しいし怖いなって思ったけれど、劇の内容は僕にはちょっと難しくて、あんまり付いていけないまま終わってしまった。

「あ、終わった？」

拍手の音で清高が起きた。途中から寝てしまっていたみたいだ。

「もう清高ったら、やけに大人しいと思ったら寝てたのね」

おばあちゃんが溜め息を吐く。

「だってよくわかんなかったんだもん」

「おばあちゃんはすごく感動したんだけど。勉強にもなるいい内容だったし。でもまあ確かに、もうちょっと大きい子向けの内容だったかもね」

「蒼士は？　全部観てた？」

「うん。でも僕もわかんなかった」

係員さんの指示に合わせて、お客さんたちが席を立ち始める。僕らはまわりの人たちがいなくなるのを待つことにした。清高が、大きなあくびをしていた。

「おれさ、よくわかんなかったけど、蒼士の姉ちゃんはなんか、すごいなって思った」

目を擦りながら清高が言う。

「そうだよね。楓ちゃん、目立ってたよね」

おばあちゃんも、内緒話をするときみたいに手のひらを口のそばにあてて、でも興奮気味にそう言った。

僕は「うん」と頷く。僕も、同じことを思っている。

劇の内容は全然わからなかった。さっき観たばかりなのに、もうほとんどのことを思い出せもしないくらい。けれど、はっきりと頭の中に残っているシーンがある。お姉ちゃんが舞台に立って、声を上げた瞬間だ。

——あたし、死にたくないよ。

そのとき舞台の上に立っていたのはお姉ちゃんだけじゃない。他にも役者さんが何人もいて、璃子ちゃんもいて、お姉ちゃんは目立たない役だったはずだった。でも、誰よりもはっきりと僕の目に映った。今日舞台に立った人たちの中で、お姉ちゃんが一番にかっこよく、お日様みたいに眩しく見えた。

「そろそろ出よっか」

おばあちゃんが荷物を持って立ち上がる。僕と清高も椅子からぴょんと降りた。カーペットの階段をのぼり、明るさに目をしょぼしょぼさせながら劇場の外に出る。

ロビーでは、衣装のまんまの出演者さんたちがお客さんのお見送りをしていた。お姉ちゃんと璃子ちゃんも、観に来ていたらしい学校の友達とお喋りをしている。

「楓、本当にすごかったよ！」

誰かが言っているのが聞こえた。他の人たちも、お姉ちゃんのことを褒めていた。お姉ちゃんは照れて頭を掻いている。「そんなことないよ」なんて言っているけれど、心の中では両手を振り上げて踊っていると思う。

僕もこっそり誇らしくなった。僕のお姉ちゃんはもしかしたら、すごい人なのかもしれない。

「真山さん」

友達が帰ったところで、僕もお姉ちゃんに声をかけようとしたら、僕より先に知らないおばさんがお姉ちゃんに話しかけた。知らないけれど、見覚えがある。たぶんさっき劇に出ていた人だ。

「今日は本当にありがとうね。助かったわ」

「いえ。こちらこそ出させてもらって。すごく楽しかったです」

おばさんは市民劇団の人みたいだ。璃子ちゃんがおばさんのことを「団長」って呼んでいる。偉い人なんだろうか。

「真山さん、何度も言ったけど、やっぱり才能あるよ。本格的な演劇が初めてだなんて思えなかったもの」

おばさんもお姉ちゃんを褒めた。お姉ちゃんは気持ち悪い顔でにやにやしていた。偉い人にまで認められるくらいだから、お姉ちゃんは本当にすごい人みたいだ。僕はふんっと鼻息を荒くした。

「ねえ真山さん」

と、おばさんは僕よりも鼻の穴を広げて、お姉ちゃんの手を握る。

「助っ人じゃなくて、正式にうちの劇団に加入する気はない？」

僕はびっくりして、隣にいる清高を見た。清高にも聞こえていたようで、清高も目をまん丸くしていた。

　でも、お姉ちゃんは違った。その言葉を聞いた途端、にやついていた表情をきゅっと硬くした。

「すみません。それは、できません」

　お姉ちゃんが俯く。

「どうして？　真山さんも演劇に興味持ってもらえたと思ってたんだけど……」

「興味は、あります。でも入団するとしたら、わたしの歳だと親の許可が必要ですよね」

　お姉ちゃんが唇を結んだ。泣きそうな顔にも見えたけれど、怒ってるっていうほうが近い気がする。怒っているのを、必死に抑えようとしているみたい。

「うちの親、厳しくて。絶対に許してくれないので」

　だからすみません、ありがとうございます。とお姉ちゃんは頭を下げた。おばさんは残念そうにしながらも、笑顔でお姉ちゃんの肩を叩いていた。

　僕は、お姉ちゃんに声をかけなかった。清高の手を引っ張って、他のお客さんたちに混ざって市民会館の外に出た。


　夕方になってお姉ちゃんは家に帰ってきた。

僕は居間で図鑑を見ていたのだけれど、お姉ちゃんに廊下から身振り手振りで呼び出され、お父さんに見つからないようにお姉ちゃんの部屋に向かった。

「お父さんたちに言ってないよね」

と、僕が部屋に入ってドアを閉めるなりお姉ちゃんは言った。

「うん。言ってない」

「ばれてもない？」

「うん。何も言ってなかったから、大丈夫だと思う」

「そう、よかった」

お姉ちゃんは体中の力が抜けたみたいにベッドにぼふんと倒れ込んだ。僕は本棚の横に座り膝を抱える。

「で、どうだった？」

お姉ちゃんが顔だけ僕のほうに向ける。

「何が？」

「舞台に決まってるでしょうが。あんた観に来てたでしょ。どうだった？　感想を言え」

「よくわかんなかった」

「ああ、やっぱりあんたにはまだ難しかったか。そりゃ小一が観る内容じゃないわな」

「でもね、お姉ちゃん、一番かっこよかった」

正直にそう言った。するとお姉ちゃんはぱあっと笑顔になって、跳ねるみたいに飛び起きた。

「本当に？　わたしかっこよかった？」

「うん。お姉ちゃんのとこだけ、よく覚えてる」

「なんだ蒼士、あんた見る目あるじゃん」

お姉ちゃんは「ご褒美だ」と言って、隠しているお菓子箱からチョコレートをいっぱい僕にくれた。僕はその中の一個だけ袋を開けて、口の中に放り込んだ。

「わたしさ」

お姉ちゃんが僕の前に座る。真正面から真っ直ぐに見たお姉ちゃんの顔は、僕とは全然似ていない。お姉ちゃんは華やかだねってよく言われる。僕は、なんか、よく見かける顔って言われる。

「演劇なんてまともにやったの初めてだったし、自信なかったけど、やってみたらすっごく楽しかった。舞台に立つの、わたしに向いてると思うんだ」

お姉ちゃんは目をきらきらさせながら話した。僕が頷くと、お姉ちゃんはシャンプーするみたいに僕の髪をわしゃわしゃ掻き混ぜた。

「市民劇団には入れないけどさ、でもこれで終わりにしたくないよ」

これまでに何回かお姉ちゃんの夢を聞いたことがある。お姉ちゃんはいつも、いっぱいやりたいことがあって、それを聞くたびに僕はすごいなあって思っていた。

夢を見るのは駄目だってお父さんは言う。でも、夢を持っているお姉ちゃんは、とてもかっこよく見える。

「わたし、もっと、演劇をやりたい」

◆

劇を観に行ってから何日か経った。

僕は学校から帰ってきてから、居間で算数の宿題をしていた。お腹が鳴りそうないい匂いがしてきて、もうすぐ夜ごはんの時間だと気づく。そろそろお父さんも帰ってくる時間だ。

急いで最後の問題を解いて、ノートを閉じた。部屋に置いてこようと廊下を出ると、ちょうど玄関の戸が開いて、お父さんが帰ってきた。

おかえり、と言おうとしたけれど、言えなかった。お父さんも「ただいま」って言わなかったし、顔が、すごく怖かったから。

「楓は？」

怒っているときの声だった。僕は算数のノートを両手できゅっと握り締めた。

「お姉ちゃんの、部屋」

「そうか」

お父さんが靴を脱ぐ。そのとき、お姉ちゃんが二階から下りてきた。お姉ちゃんはお父さんをちらっと見て、何も言わずに居間に行こうとする。

「楓、お父さんに何か言うことがあるだろう」

お姉ちゃんが足を止めた。つまらなそうな顔で振り返る。

「別にないけど」

「ならお父さんから言う。おまえ、この間市民会館であった劇に出ていたそうだな」

心臓がどきりと跳ねた。お姉ちゃんが僕を見たから、お父さんにばれないように首を横に振った。僕は、喋ってない。

「さっき近所の人から聞いたんだ。おまえが出てたって、向こうから教えてくれた」

お父さんが溜め息を吐いた。お姉ちゃんは目を細めてお父さんを睨む。

「……だから？」

「なんで言わなかった？　親には言えないことだったのか？　言えないようなことをおまえはしていたのか」

「言えるわけないじゃん。だって、言ったら絶対に反対したでしょ」

お姉ちゃんは、お父さんよりも大きな溜め息を吐いて、居間に入っていた。お父さんが追いかける。

「どうしておまえはそう勝手なことばかりするんだ。いつもいつも」

「じゃあ言うよ。わたし、この間の舞台に出て、もっと演劇を学びたいと思った」

「演劇？」

「だから劇団に入りたい。入らせて」

お姉ちゃんは真っ直ぐにお父さんを見上げた。握り締めた両手が、ほんのちょっとだけ震えていた。

「駄目だ」

お父さんがはっきり言う。

「そんなものに入ったら勉強が疎《おろそ》かになるだろ。どうしてもやりたいなら、大学を出て社会に出てから趣味としてやればいい。学生の間は勉学に励め」

「習い事だって思えばいいじゃん。塾みたいなものだよ。習い事してる子だったらいっぱいいるし」

「塾は受験に有利になるから行かせたんだ。将来のためになることならいいが、無駄なことはしたって意味がない。おまえは自分が受験生だって自覚があるのか。大事な時期なんだぞ」

「そんなの知ってるよ。でも、無駄になるかどうかはわかんないじゃん」

「無駄に決まってる。演劇なんて将来の役に立たないことをしてどうする」

「決めつけないでよ」

お父さんの腕をお姉ちゃんが摑んだ。お母さんが綺麗にアイロンをかけているスーツにぐしゃりと皺が寄った。

「役者を仕事にしてる人だっていっぱいいる。役に立つことだってあるよ」

「それだけで食っていける人間なんてほんの一握りだ」

「やってみなきゃわかんないって。わたしがその一握りになれるかもしれないじゃん」

「なれなかったらどうする。いらない苦労をするだけだ」

「誰かに言われるまま好きでもない生き方するよりずっとマシだよ！」

「実際に苦労する生き方になって同じことが言えるのか！」

怒鳴り声が廊下に響いた。

しんと、静かになる。本当に、息も吸えないくらい、家の中が静かになる。

僕は、自分のことじゃないのに泣きそうになって、台所から出てきたお母さんにぴたりとしがみついていた。

怖かった。お父さんも、お姉ちゃんも。怖くて、嫌だった。

「お父さんの言うことを聞きなさい。それ以外、何をすることも許さない」

お姉ちゃんは返事をしなかった。お父さんの腕を払って、色が変わるくらいに強く唇を噛みながら、走って部屋に戻って行った。

お父さんは振り返らない。しばらくそのままだったから、そのときのお父さんがどんな顔をしていたのか、僕にはわからなかった。


その日から、お姉ちゃんは真面目に勉強をするようになった。演劇の話をお父さんの前で一度もしないし、他の夢の話も、何も言わなくなった。

冬になって、お父さんが決めた高校を受験して、合格もした。お父さんは喜んで、お姉ちゃんがやっとわかってくれたのだと思っていた。

でも僕は知っていた。お姉ちゃんが、何も諦めてなんていないことを。

お姉ちゃんはお父さんたちに内緒で、団長のおばさんに紹介してもらった小さな劇団に出入りし、練習させてもらうようになっていた。高校生になっても、勉強しながらこっそり続けていたことを、僕だけが教えてもらっていた。

お姉ちゃんは何も諦めていない。誰かの決めた人生を歩むつもりだって少しもない。いつだって、怖いものなんてひとつもないみたいに笑いながら、

「わたし、舞台役者になる」

と、小さな、でも確かな夢を、語り続けていたのだった。

十七歳　十月

姉ちゃんと麦がうちで暮らすようになって一ヶ月が過ぎた。

姉ちゃんは相変わらず空気が抜けたみたいな自堕落《じだらく》な生活を続けていて、積極的に家事をすることもなく、かといって仕事を探すそぶりも見せず。一番大事な麦の世話だって、ほとんどを母さんが代わりにしてやっていた。

こんなママじゃ麦も嫌になるだろうと思うのだが、麦は姉ちゃんのことが好きみたいだし、麦からねだられたときは姉ちゃんも遊んでやっている。だったら常にしっかりひとりで面倒見ろよ、という僕の気持ちはもちろん届かない。

姉ちゃんは基本無気力で、麦の相手を母さんに任せ、そしてその余りが僕のところへと来ているのだった。


だがここ数日は、麦の猛追からやや逃げられつつある。

「ねえ蒼士、これってどこに使うやつだっけ？」

「さあ。あ、受付とかじゃない？」

「ふうん。じゃ受付に託してくる」

学校の授業はとっくに終わっている午後六時過ぎ。部活も補習もないのに、僕と清高はいまだに下校せずにいた。僕らだけではなく、教室には多くのクラスメイトが残っている。三日後に迫った文化祭の準備のためである。

僕らのクラスは、学校の敷地全部を使っての謎解きゲームをすることになっていた。二年四組としての出し物だが、あらゆることを決めているのは、やる気に満ち溢れた一部のクラスメイトたちだ。僕のような教室の片隅がお似合いの人間は発言権すらなく――そもそも発言する気もないけれど――やる気人間たちから与えられる仕事を黙々とこなすことだけが役割であるのだった。

とはいえ嫌々やっているというわけではない。なんだかんだ言ってお祭り前の非日常感はわくわくするから好きだし、何より文化祭の準備という名目で遅くまで家に帰らずにいられる。本番が間近に迫った今日からは、八時頃まで学校にいても怒られない。僕はそれが嬉しかった。だって、学校を出てコンビニかファミレスで暇をつぶし、腹ごしらえをして家に帰る頃には、もう麦が寝る時間となっているからだ。

姉ちゃんたちがうちにやって来て一ヶ月。子守りに疲れ切っていた僕にとって、この文化祭のための居残り準備という時間は、青春を感じること以上に貴重で楽しい時間であった。文化祭の準備期間があと三ヶ月はあっていいと思うくらいだ。

「できた。こんなもんでいいかなあ」

僕は教室に置く大道具作りをしていた。大道具と言っても、やる気人間に渡されたメモをもとに、大きな紙へゲームのルールを書くだけという簡単なお仕事である。個性のない読みやすい字を書くからということで任命された。大変光栄なことだと思っている。

「お、いいんじゃない？」

自分の仕事を終えた清高が、パックのミルクティーをちゅうちゅう飲みながら、僕の力作を覗き込んだ。

「おい清高、それ零すなよ」

「零さないよ。ほら、蒼士の分も買ってあるよ」

「え、ありがとう」

「この紙どうすんの？　そのまま貼るの？」

「ううん。段ボールに貼り付けて補強してから置くんだって」

「じゃあとっとと貼っちゃおうぜ」

ミルクティーで喉を潤してから、積んである段ボールの山を探った。いい感じの段ボールを見繕い、必要な大きさに切って、皺にならないよう気を付けながらルールの紙を貼っていく。

そして出来上がったものを納品し、帰ってもいいよと言われたけれどまだ帰りたくなかったから、問題を印刷したプリントをひたすら切るという地味な残業に勤《いそ》しんだ。

八時を過ぎると、先生たちがそろそろ帰れと見回りにやって来る。クラスメイトも他のクラスの生徒たちも続々と下校を始めた。僕と清高も、みんなに合わせて学校を出た。

コンビニに寄っておにぎりとチキンを買い、駐車場で食べながら、だらだらと喋って家に帰る。

そのときには九時を少し回っていた。麦はいつも八時半には寝ているから、今日はもう静かに過ごせる。僕は内心うきうきしながら家の戸を開けた。

「ただいまあ」

「おかえり」

と母さんの声がする。

僕は疲れたふりをして肩を揉みながら居間に入った。ひっと短く悲鳴を上げた。

母さんにしがみついて、僕を睨んでいる麦がいた。

「む、麦？　なんで起きてるんだ？」

「……あおしくん、なんでおそい？」

「え？」

「なんでかえってこない？」

麦の目は今にも閉じてしまいそうだ。眠くて堪らないのだろう。しかし必死に眠気と闘いぶさいくな顔で僕を睨みつけている。

「いや、遅くなるってこと、母さんには言ってあるけど」

「麦、しらない！　麦にいってない！」

「なんでおまえに言わなくちゃいけないんだよ」

「蒼士。麦ちゃん、あんたが帰ってこないって心配して、頑張って起きて待ってたんだから」

母さんが麦の頭をよしよしと撫でた。麦の瞼は半分ほど閉じようとしていた。待っててなんて言った覚えはないのだけれど。そう零す前に、母さんの鋭い視線に刺され口を噤んだ。最近の母さんは、なんとなく逆らえない空気がある。

「あの、文化祭の準備があって、仕方なく」

もごもご呟いた。なぜ浮気の言い訳みたいに後ろめたい感じで説明しなければいけないのだろうか。自分でもさっぱりわからない。

「ぶんさかいってなあに？」

「文化祭な。高校の、お祭りみたいなもん？　生徒たちで出し物すんの。外部のお客さんも呼んで、いろいろ遊んだりするんだよ」

「いつあるの?」

「今度の土曜。だからそれまでは僕、帰ってくるの遅いから。先に寝てろよ」

当日も含めると、あと三日間。毎晩待たれてぐずられては困る。だから「わかった」という答えを僕は期待していた。しかし麦は「わかった」とも「嫌だ」とも言わなかった。

「麦もいく」

「は?」

目の前の小さい人間は、何かを決意したように頷いている。

「麦もぶんさかい、いく」

麦の瞼よりも先に、僕の瞼が閉じそうになる。まずい展開になった。だがしかしここで僕が麦を諭すことはない。

「好きにしたら。僕は当日はクラスの仕事があって忙しいから」

僕が連れて行かなきゃいけないとなれば全力で止めるところだが、あいにく僕は僕のやるべきことがあるため、麦の相手をすることはできない。となると母さんが勝手に連れて来て、少し回って勝手に帰るという流れになるはずだ。それなら僕は関係ないから麦の好きにすればいい。

「ん、麦、ぜったいいく……」

「はいはい」

「んむぅ……」

「眠れ眠れ。おやすみなさぁい」

母さんに凭《もた》れかかりながら麦は完全に目を閉じた。間もなく寝息を立て始める。

僕は肩をすくめて居間を出た。その日のお風呂はいつもよりもちょっと長めに入った。

◆

十月の第二土曜日。我が高の文化祭当日。お祭り日和の爽やかな秋晴れの空に、吹奏楽部のファンファーレが鳴り響く。学校中が楽しみにしていた文化祭が始まり、続々と外部のお客さんもやって来る。

僕は、文化祭の開始時から、清高と一緒に第三校舎の一階の階段に座っていた。敷地の片隅にある第三校舎は文化部の地味な展示くらいしか出し物がなく、賑やかな文化祭において基本常に閑散としている物寂しい場所である。

当然、好き好んでこんなところにいるわけじゃない。僕らのクラスの出し物の仕事をしている最中であるのだ。

僕らの出し物、謎解きゲームは、二年四組の教室で受付を済ませると、謎の書かれた指示書を渡される。その謎を解けば次に向かうべき場所がわかるようになっており、次の地点でまた謎を渡される、という仕組みになっている。

ゴール地点に向かうまでには五つの謎をクリアする必要があった。謎をもらえる中間ポイントは学校のあらゆる場所に散らばっていて、僕の仕事は、その中間地点でやって来る参加者を待つことだった。

ぱっと見てそこが中間ポイントとわからないようにと、ポイント担当者たちは周囲に何気なく紛れるようにしている。だから僕と清高も、机も椅子も何もないところで、ただただ参加者を待ち、ぼうっとしているのだった。

正直暇だ。始まったばかりというのもあり人は来ないし、この場所じゃあ文化祭の盛り上がりも見ることができない。交代の時間まで二時間、僕らは適当なことを駄《だ》弁《べ》ったり、あくびを噛み殺し損なったりしながら、クラスの務めを果たしていた。

「謎の商人ですか」

これは僕らへの合言葉である。

「はあい、当たりです。ではこれどうぞ」

「いってらっしゃあい」

ぼちぼちと人が来るようになった頃には、僕らの担当時間は終わりに近づいていた。あとちょっとで遊びに行けると、ようやくテンションも上がり始めている。

謎の商人ですか、というダサい合言葉を言った人たちに、僕は謎の書かれた指示書を配った。それを受け取った人たちの大半は、「ん?」と首を傾げるばかりだ。

首を傾げ、書いてある内容を眺めながら、みんなとりあえずのろのろと歩き出す。けれど中には立ち止まって考え、僕らに助けを求める人もいた。

「あの、ヒントって貰えますか?」

「はいもちろん。でもここでは教えられません。ヒントは二年四組の教室でお伝えしています」

可愛い女の子には、ヒントどころか答えを教えそうになった。だがそれがばれたらクラスのやる気人間の女子からタコ殴りにされるに違いない。だからぐっと堪え、ルールどおりの説明をする。するとみんな、校舎の出口のほうへと歩き出す。

僕らの問題は、少し難しいみたいだった。いや、決して凝ったものではなく、仕掛けがわかりさえすればとても単純なのだが。それに気づかなければ、なかなか答えに辿り着かないものであるようだ。

「蒼士、あと十五分だよ」

清高がスマートフォンを見ていた。時間は十時四十五分。十一時に次の担当者と交代したら、もう僕らの仕事はない。

「なあ、どこ回る？　なんか行きたいとこあったっけ」

清高の制服のポケットから皺だらけのパンフレットが出てきた。それを開いて、各クラスや部活の出し物をチェックしていく。気になるものはいくつもあった。どれをどんな順番で回ろうか。考えるだけで楽しくなってくる。早く、交代の奴らが来てくれたらいいのに。

「なぞの、しょうにん、ですかー！」

願った瞬間、願った人物とは別の人間がやって来た。聞き慣れたその声を聞いた途端、僕のテンションは地の底まで落ちた。

錆びたロボットのような動きで振り向くと、おにぎり柄の服を着た麦が、廊下の向こうから走ってくるのが見えた。

「あっ、あおしくんだあ！　あおしくんいた！」

「麦、廊下を走るな」

「ごめんなさい！」

麦はぴたりと足を止め、大きく手を振って大股でこちらに歩み寄ってくる。僕は溜め息を吐きながら、麦の後ろに目を遣った。

「え」

驚いた。母さんがいるものだと思っていたら、姉ちゃんがいたから。姉ちゃんが麦を連れて来たのか。

「あおしくん、なぞくださぃ！　しょうにんですか！」

麦が僕の目の前にやって来て、もみじみたいな手を差し出してくる。

「謎？　おまえ、僕のクラスの謎解きやってるの？」

「うん」

「あんたの教室に行ったらいなかったから、せっかくだからやろうってなって」

麦に追いついた姉ちゃんがそう言った。姉ちゃんは、家にいるときみたいなラフな服装のまま、少しだけ化粧をしていた。右肩に下げているショルダーバッグにはライオンのキーホルダーがぶら下がっている。麦のバッグにも、お揃いのものが付いている。

「蒼士の姉ちゃん、久しぶり」

清高がひょいと右手を上げた。

「あれ、清高くんじゃゃん。久しぶり。あんたら本当に同じ高校に通ってたんだ」

「幼稚園から小中高と一緒だよ。超仲良しだろ」

「そうだね。それにしてもでかくなったね」

「そりゃもう高校生だからね。蒼士の姉ちゃんはなんか大人になったなあ」

「そりゃもう大人だからね」

やっぱ変わってねえな、と笑う清高を横目に、僕は麦に指示書を渡した。麦は首をぐにぐにと曲げながら、いろんな方向に紙を回している。

「この子が噂の麦ちゃんか」

清高が言うと、麦はぱっと清高を見上げた。

「だれ?」

「どうも。蒼士くんのお友達の清高くんです」

「きよたかくんですか。麦です」

麦と清高が頭を下げ合う。そして顔を上げたとき、清高が変顔をしていたから、麦は転げる勢いで大笑いした。

一瞬で打ち解けたらしいふたりを見て、六人兄弟の長男は伊達《だて》じゃないな、と僕は心の中で頷く。

「蒼士、あんた仕事いつまであるの?」

姉ちゃんに言われ、僕は時間を確認する。

「あと十分くらいで終わりだけど」

「へえ」

自分で訊いたくせに興味なさそうに姉ちゃんは呟いた。

廊下の向こうを見ても誰もいない。他の参加者は来る気配がない。

「姉ちゃん、なんで来たの？」

麦と清高を見ていた姉ちゃんが、目線だけ僕に向ける。

「麦が行くって言うから。あんたと約束してたんでしょ？」

「いや約束はしてないけど……そうじゃなくて、母さんが連れて来るって思ってたから」

「わたしが来たかったの。文化祭って楽しいじゃん。それに、こっちに来てから麦と遊びに出かけてなかったし」

姉ちゃんは、清高と変顔対決をしていた麦の頭を撫でた。ぶさいくな顔のまま麦が顔を上げるのを見て、姉ちゃんはちょっとだけ笑った。

「ねえ麦、その紙貸して」

「これ？」

「うん」

さっき渡したばかりの指示書はもう皺くちゃになっている。姉ちゃんはそれを広げ、数秒眺めてから、スマートフォンを取り出した。何か調べているのだろうか。そもそもこの謎にぴんとこない限りは調べようもないはずだが。

指示書には、とある暗号が書いてある。

『 いろは

三2一1一1四7二7七6五2五6四5五3三2一3五5四5三1五5』

僕は謎制作班からこれを渡されたとき、さっぱり意味がわからず、ヒントを貰ってようやく解くことができた。今日の参加者の様子からしても、すぐに理解した人はほとんどいないように思う。

「体育館前の下駄箱の横」

姉ちゃんがさらりと言った。

僕も清高も、口をあんぐりと開けた。姉ちゃんが言ったのは、この謎の答えだ。

「麦、次の場所がわかったよ。体育館に行かなきゃ」

「たいくかん！」

「え、いやちょっと待って……なんでわかったの？」

「なんでって、これ上杉暗号でしょ。知ってれば難しくないからね」

姉ちゃんはスマートフォンの画面をこちらに向けた。メモ機能に、いろはにほへと、といろは歌が書かれ、それが縦書きみたいになるよう、画面を固定したままスマートフォンを横に寝かせる。

「数字が七まであるから、七かけ七でいろはを縦に並べて、横の行に漢数字、縦列にアラビア数字を当てはめる。で、ふたつの数字が重なるところの文字を拾っていく」

「……うん」

「そしたら答えが『たいいくかんまえのけたはこのよこ』。体育館前の下駄箱の横、ってことかな。合ってるでしょ」

僕と清高は無言で頷いた。姉ちゃんは得意げな素振りを見せることもなく、淡々とスマートフォンをジーンズのポケットにしまった。

「じゃ行こうか」

「おー！」

「あ、蒼士もうすぐお仕事終わるって」

「そっか！　おわったら麦があそんであげるね。きよたかくんも」

「よかったね蒼士。それじゃまたあとで」

手を繋いで去っていくふたりを、僕は清高と一緒に無言で見送った。背中が見えなくなったところで、清高がぽつりと呟く。

「そういや蒼士の姉ちゃんって、頭よかったよな」

僕は首を縦に振った。

「昔からなんか変な知識持ってたりするんだよね。好奇心旺盛だから。それに一応、僕らよりレベル高い高校出てるし」

姉ちゃんの通っていたところは、四年制大学に進むのが当たり前、有名国立大への進学者も多数輩出するような学校だった。その中で姉ちゃんは、卒業後に進学すらしなかった稀有《けう》な存在だ。

「や、でも変わってねえな、蒼士の姉ちゃん。子どもいるって聞いてたから、もっと雰囲気別人になってるかもって思ってたけど」

清高がぐっと伸びをした。体のどっかからぽきりと音が鳴った。

「そうかな。僕はなんか、変わったなって思ってる」

「そう？　あれで？」

「うん。あれで。昔の姉ちゃんと、なんか違う」

「ふうん」

清高は含んだように呟く。

「おれはわかんないけど、蒼士がそう言うならそうなんだろうな。弟だし、他人にはわからんもんもわかるんだろ」

「や、僕は姉ちゃんのこと、わかんないことだらけなんだけど」

「そうか？　でもおれ、蒼士たちって意外と似た者姉弟な気がすんだよね」

「は？」

自分の喉から聞いたことのない声が出た。この世で一番酷い悪口を言われたような気分だ。

「僕と姉ちゃんが？　似てる？　誰にも言われたことないよ」

「うん。似てないんだけど、なんか似てる」

「嘘でしょ」

「頑固なとことか」

僕のどこが頑固だ。言い返す代わりにじとりと目を細くして、指示書の束を清高に押し付けた。

間もなく交代のクラスメイトがやって来て、僕らは退屈な任務を終えた。

どこから遊びに行くか決められなかったから、清高の提案で体育館前に姉ちゃんたちを探しに行くことにした。僕は行きたくなかったのだが、清高が「先に遊んであげたほうがいいよ。じゃないとずっと探されるし、見つかると離れなくなる」と怖いことを言うから、大人しく麦のところに向かうことにしたのだ。

しかし、体育館前に姉ちゃんたちはいなかった。

この辺りは第三校舎と違い賑わっている。体育館では休みなくイベントが開かれているし、隣の武道場でも柔道部による出し物が人気を博していて、グラウンドには屋台が立ち並んでいる。

非日常を実感する人混みの中、ぐるりとひと通り見回してみた。やっぱり、姉ちゃんたちの姿は見当たらない。

「もう次のとこ行っちゃったのかな」

「さあ。あいつらに聞いてみようぜ」

体育館前の下駄箱の横、一般人のふりをして佇んでいる我がクラスの密使に声をかけた。第三校舎から真っ直ぐ次のポイントに向かったとしたら、ここに辿り着いているはずだった。

「ねえ、三歳のうるさい女の子連れた女の人、指示書取りに来なかった?」

タピオカミルクティーを飲んでいる女子ふたりに訊ねる。ふたりは顔を見合わせると、首を横に振った。

「いや、わかんない。うちらさっき交代したとこだし」

「ああそっか。こっちも十一時で交代だったたか」

「あ、でもそれっぽい人なら見たかも。おにぎりのTシャツ着た女の子と、クールビューティーな若いママ」

「それだ。もうどっか行っちゃった？」

「ううん」

女子のひとりが体育館を指さした。入り口は開いているが、遮光カーテンが閉められていて中を窺うことはできない。

「あたしらが交代する直前くらいに中に入ってったよ。たぶんまだ出てきてないと思うけど」

「そう。ありがと」

僕は入り口のほうへと歩いていく。後ろで女子が「知り合い？」と清高に訊いていた。

「うん。蒼士の姉ちゃん」

「えっ！　真山の！」

気遣いのできる女子はそれ以上は何も言わなかった。ただ発した言葉の中に「全然似てない。信じられない」という心の声がしっかり乗っていたことに僕はちゃんと気づいている。

そっとカーテンを開け、体育館の中を覗いた。館内は暗く、僕のいる入り口とは反対側、前方の舞台だけが煌々《こうこう》と明るい。

演劇部によるミュージカルの上演中だった。ライトに照らされたステージの上で、三人の役者が歌を歌っている。

「あ」

並べられたパイプ椅子の一番後ろの席に、姉ちゃんと麦を見つけた。麦はミュージカルに興味がないようで椅子の上でもぞもぞと動いている。今にも他のお客さんに迷惑をかけてしまいそうだ。

「麦」

小さな声で呼ぶと、こちらに気づいて振り向いた。僕は人差し指を立て「しーっ」と伝えてから手招きする。

麦は、ちらと姉ちゃんを見て、僕のほうにやって来た。姉ちゃんはじっと舞台の上を見つめたままだった。

麦を連れて外に出る。よっぽど退屈していたのか、麦は出てこられて嬉しそうだ。

「あれ、おまえの姉ちゃんは？」

麦しか出てこないから、清高が不思議そうにカーテンの向こうを覗いた。

「中で劇観てる」

「麦ちゃんいなくなって心配しない？」

「いや、僕が麦を呼んだのは気づいてると思う。なんか真剣に観てたっぽいから、もうほっとくしかないよ」

つまりしばらくは僕が麦の面倒を見なければいけないということだ。なんで呼んでしまったのだろうかと後悔しかない。が、あのときは咄嗟にそうしてしまった。舞台を観ている姉ちゃんを、邪魔してはいけないと思ったのだ。

「じゃあ麦ちゃん、ママが劇観終わるまでおれらと遊ぶ？」

「あそぶ！」

清高はしゃがんで麦と視線を合わせ、麦の丸い頭をぽんと撫でる。

「清高、なんかごめん」

「いいよ。もともと遊ぶつもりで捜しに来たんだし」

僕はポケットからパンフレットを取り出した。体育館のタイムスケジュールを確認すると、ミュージカルはあと三十分ほど続くらしい。

「三十分時間潰せば、あとは姉ちゃんに返せばいいから」

「そっか。じゃあおやつでも食べながらぐるっと回って戻ってくるか」

「おやつたべたい」

「うん、腹減ったよな」

清高がお腹をさする。

「麦ちゃんって食べ物のアレルギーある？」

「ないはず。基本なんでも食べてる」

「お、じゃあ好きなもの食べられるじゃん。麦ちゃん、何食いたい？」

「んー、マンモス」

「マンモスはないかなあ。ポテトでもいい？」

「いいよ」

手を繫いで模擬店に歩いていく清高と麦の後ろを、僕ものそのそと付いていく。ついさっき出会ったばかりのはずなのに、かねてからの仲良しのようににこやかに並んでいるふたり。僕が隣にいるよりも、よっぽど家族らしく見える。

僕はいまだに、麦とこんなふうに接することはできない。僕にも弟か妹がいれば、もうちょっとうまくやれたのだろうか。いや、そうだとしても、突然やって来た姉ちゃんの子どもをすんなり受け入れ可愛がることなんて、僕にはできなかったと思う。

「あおしくん！　なにしてんの！」

麦が振り返って僕を呼んだ。知らず知らず歩調が緩み、ふたりとの距離ができてしまっていた。

「おい蒼士、まさかこっそりおれらを撒こうとしてたんじゃないだろうな」

「まさか。そんなわけ」

「ある？」

「あるかも」

「あおしくん、ポタテかって」

「はいはい。ポテトな」

小走りでふたりを追いかけた。目の前に建つ屋台から、香ばしい匂いが僕らを呼んでいた。


食べ歩きしながら校舎を適当にまわり、ミュージカルが終わる時間に合わせて体育館に戻った。三人でジュースを飲みながら体育館前に座っていると、ぞろぞろとお客さんが退出し始め、やがて姉ちゃんが出てきた。

「あれ、あんたたち待ってたの」

のんきに言う姉ちゃんにむかっとした。文句を言おうとしたが、先に麦が「ママ！」と勢いよく抱きついたせいで僕の苛立ちは不完全燃焼で終わってしまった。それに気づいた清高が、僕の口にそっとベビーカステラを突っ込んだ。

「姉ちゃん、どうすんの？　もう帰る？」

ふわふわのベビーカステラを噛みながら姉ちゃんを見上げる。

「結構遊んでやったから、麦も満足してると思うよ」

「そうなの？」

「まだいける」

僕は麦を睨んだ。当然麦は気づかない。

「あんたらの謎解きが途中だから、これ終わらせてから帰るよ。麦、それでいいよね」

「うん」

姉ちゃんはポケットから畳んだ紙を取り出した。体育館前で渡された指示書だ。この謎を解けばゴール地点に辿り着き、参加賞のクッキーが貰える。

「そう。じゃあ僕らは行くから、姉ちゃんたちはゆっくり遊んでって」

立ち上がってお尻をはたいた。時間は十二時前、文化祭はまだまだ続く。

ちょうどお昼の時間だ。食べ歩きはしたが全然足りていないから、がっつり腹ごしらえをしてめいっぱい遊ぼうか。

「行こう、清高」

「うん。でもそれ」

「うん？」

清高が笑いながら僕の腰元を指さしている。それに従って視線を下げると、麦が僕の制服の裾を力いっぱい握っていた。

「え、ちょっと麦、離してよ」

「あおしくんとあそぶ」

「もうママ来ただろ」

「ママもあそぶ」

「ママとだけ遊べ。僕は清高と回るから」

「きよたかくんともあそぶ」

制服を引っ張ったが、麦は頑なに離さない。このチビな体のどこにそんな力があるのか、僕が全力を出してもびくともしない。

「そっかそっか。いいよ。もうちょっとおれたちと遊ぼうな」

「清高！」

「いいじゃん、謎解きのゴールまでってことでさ」

麦がぱっと両手を上げて喜んだ。ようやく離してもらえた僕の制服には、しっかりと握られた跡が付いていた。

僕は常々思っている。たいして、というか、全然麦を可愛がっていないのに、どうしてこうも麦は僕にくっつくのだろうか。普通嫌じゃないか？　こんな、自分に愛情を向けてくれない人間なんて。

「じゃあ、みんなで行こっか」

姉ちゃんが薄く笑いながら言った。僕は鼻の付け根に思い切り皺を寄せた。姉ちゃんはなおさら笑う。

「昼はわたしがなんか奢ってあげるから」

「寿司くらい奢ってもらわないと割に合わないんだけど」

「寿司の出店あるかな」

「あるわけないだろ」

僕が溜め息を吐いている間に麦は歩き始めていた。清高が慌ててそれを追いかけ、その後ろを僕と姉ちゃんとで付いていく。

どんどん賑やかになっていくお祭りのど真ん中、黙々と、ただ隣を歩く。

姉ちゃんは背が高かった。女子の中では長身で、姉ちゃんが家を出て行く前は、僕は姉ちゃんの肩にも背が届いていなかった。

今は、僕のが姉ちゃんよりちょっと高い。姉ちゃんと違って平均的な身長ではあるけれど、それでもあの頃に比べるとぐんと背が伸びて、かつて見上げていた人よりも大きくなった。

姉ちゃんがどこかで何かをしている間、僕も変わったのだ。僕がこの六年半の姉ちゃんを知らないように、姉ちゃんだって僕がどう過ごしていたのかを知らない。

僕らは、六年半のお互いを知らない。

「姉ちゃんさ、まだ演劇好きなの？」

うちに戻ってきてから、姉ちゃんは一切演劇の話をしなかった。だからもう辞めたのだろうと勝手に思っていたし、下手したら興味もなくなっているのかもしれないと考えていた。

でもさっきの姉ちゃんは――演劇部の舞台を観ていた姉ちゃんの表情は、演劇を忘れたようには見えなかった。

「さあ、どうだろうね」

姉ちゃんは答えてくれなかった。僕もそれ以上訊くことはなかった。なんとなく訊けなかったし、そもそも体育館で見た姉ちゃんの顔こそが、答えを言っているようなものだったから。

そして文化祭はつつがなく終わった。

なんだかんだで満喫し、後夜祭もしっかり参加し、「楽しかった」という感想を抱ける一日となった。

大きなイベントが無事に過ぎ去り、これで僕の十月は終わるのだと思っていたけれど。

僕にとって本当の、最大の出来事は、これから訪れることとなる。

◆

文化祭が終わり、振替休日を経て登校した平日。先週は文化祭の準備で盛り上がっていたのに急に現実に引き戻され、一日授業をこなすだけでどっと疲れながら家に帰った。

僕が異変に気づいたのは、戸を開けて玄関に入ったときだった。

男物の革靴があった。僕のじゃない。でも見覚えはある。少しくたびれたこの焦げ茶の革靴は……父さんのお気に入りの一足だ。

「た、ただいま」

スニーカーを脱ぎながら、恐る恐る家の奥に声をかけた。

「おかえり」

いつもどおりの母さんの声がして、それから、

「蒼士か」

と、久しぶりに聞く声がする。

僕は一度深呼吸をしてから居間に向かった。居間には母さんと、ポロシャツ姿の父さんがいた。昔は定位置だった上座に、何かを待っているみたいに座っている。

姉ちゃんの長身は父さん譲りだ。そのうえ父さんは恰幅《かっぷく》もよくて、座っているだけでも大きいのがわかる。最近白髪と顔の皺が増えた。老けた分だけ厳つさが増し、厳格な父親という中身そのままのいかにもな外見になっていた。

「父さん……」

威圧感のある父さんが、僕は昔から苦手だった。父さんを前にすると、怖くて自分の言葉を言えなくなる。高校生になった今は、小学生のときよりはマシだけれど、やっ

ぱり苦手意識は残ったままだ。

「おかえり蒼士」

「あ、えっと、ただいま。父さん、帰ってたんだ」

「仕事を調整して休みを取って来たんだ」

「へえ……」

単身赴任中の父さんは、滅多にうちに帰ってこなかった。前回はお盆に数日戻ってきたから、例年どおりなら次は年末まで顔を見せないはずだった。

「楓が帰っているんだろ」

父さんはやや声を低めた。

姉ちゃんたちのことを、すでに父さんに伝えていたのは知っている。姉ちゃんがうちにいる限り、いつかはふたりが対面してしまうこともわかっていた。

ただ、あまりに突然過ぎる。僕としては、父さんが帰ってくる年末までに姉ちゃんが出て行けばなんとか、とすら思っていたのだが。

「……で、姉ちゃんは？」

居間に姉ちゃんの姿はないし、麦の声も聞こえない。父さんの様子を見るに、まだ会ってはいないみたいだ。

「珍しく麦ちゃんとお散歩中。もうすぐ帰ってくると思うんだけど」

本当に珍しい。父さんの気配でも察知したのだろうか。

「じゃあ、僕は、部屋で予習でもしてるね。夕飯の支度まだみたいだし」

巻き込まれたくない一心で早めに逃げておくことにした。幸い父さんからは何も言われず、僕はそそくさと階段をのぼっていく。

「お父さん、あんまり楓を叱らないでくださいね。あの子だって、きっと傷ついて帰ってきたんだから」

母さんがそう言うのが聞こえた。以前の母さんなら、決して父さんに向かって意見なんてしなかっただろう。

母さんの言葉を聞いて、父さんがどんな顔をしたのかを、僕は知らない。

「楓次第だ」

そう答える声だけが背中越しに聞こえていた。

僕が帰宅してから十分も経たずに姉ちゃんたちは帰ってきた。

「ただいまぁ！」

という麦の相変わらずのでかい声が響き、廊下を駆ける音がする。

おそらく姉ちゃんも、父さんがいることにすぐ気づいたはずだ。どんな反応をするのだろう。あまり叱るなと母さんは言っていたけれど……六年半ぶりに対面したふたりは、どんな会話をするのだろうか。そもそもまともに話などできるのだろうか。

僕は自分の部屋で耳を澄ませていた。かかわりたくはないが、気になるものは気になる。息を潜めて一階の物音に集中していた。初めは何も聞こえてこなかった。しかし間もなく、案の定というかなんというか、父さんの怒鳴り声が聞こえてきた。

部屋のドアを閉めているから何を言っているかまではわからない。それでも僕のもとまで届くほどの声を上げている。

「昔のままだな」

ひとりごとを呟いて、ベッドを背もたれにして座った。何をするでもなく父さんの声を聞いていた。そういえば、姉ちゃんの声は少しも聞こえないなと、途中で気づいた。

「……あおしくん」

ふっと顔を上げる。ほんの少し開いたドアの隙間から、麦が覗き込んでいた。

「麦。どうした」

「ばあばが、あおしくんのとこ、いけって」

麦は怯えている様子だった。無理もない。昔の僕も父さんたちの言い合いを見ているのは嫌で、すごく怖くて、悲しかったから。

「入ってきていいよ」

呼ぶと、麦はおずおずと僕の隣に座った。今にも泣きそうな顔をしているから、隠していたチョコレートとモルちゃんを与えた。麦は小さな口にチョコを含みながら、モルちゃんをぎゅっと抱き締める。

「あのおじちゃん、こわい。ママに、いっぱいおこってた。ママ、わるいことしてないのに」

まだ父さんの怒声が聞こえる中で、麦が小さな声で言う。僕は「うん」と答えた。

「昔からそうだ。父さんはいつも姉ちゃんに怒ってた。あのふたり、顔を合わせると喧嘩しかしないんだよ」

僕の記憶には、家族四人が仲良く笑い合っている場面なんてひとつもない。もしかしたらあったのかもしれないけれど、すべて忘れるくらい、ぶつかって理解し合わないふたりの姿ばかりが印象に残った。

「あのおじちゃん、あおしくんのパパなの?」

麦が顔を上げる。

「そうだよ。だからあれ、麦のじいじ」

「ちがうよ。麦のじいじじゃないよ」

「いや、麦のじいじだよ。麦のママのパパでもあるんだから」

「ちがう」

麦は顔を背けて唇を尖らせる。怖いから認めたくないのだろうか。まあ、母さんとは随分違うから仕方ないか。

そう考えていると「だって麦のじいじは」と、麦がぽつりと続けた。

「ママのこと、いちばんだいじにかんがえてくれるひとって、ママいってたもん」

麦の目玉から涙がひと粒落ちた。それがモルちゃんに染みていくのを、僕は黙って見ていた。雫の載った麦の睫《まつげ》毛と、潰れるモルちゃんと、膝の上で握り締められた自分の両手を、ただ見ていた。

一階では声が響いている。僕は、ゆっくりと深く呼吸をする。どうしてかわからないけれど、そうしなければ僕まで泣いてしまいそうだったから。

時間がなかなか過ぎない。ほとんど置物みたいな古い目覚まし時計が、いつもより大きく秒針の音を鳴らしている。

「……ほんとにじいじ？」

麦が言った。

「何？」

「ほんとに、麦のじいじ？」

「うん。信じたくないかもだけど、麦のじいじ」

麦は下を向いて黙り込んだ。

しばらくして、何かを決意したのか「よし」と叫び、立ち上がる。

「急にどうした？」

「麦、いってくる」

モルちゃんを返された。少し湿っていたから、僕はそっと床に置いた。

「行ってくるって？　下に？」

「ほんとに麦のじいじなら、ぜったい、やさしいもん」

麦は鼻を鳴らし、そのままくるりと背を向けて、勇ましくドアへと歩いていく。僕は呆けた顔で小さな背中に手を振った。そのまま出陣を見送るつもりだったのだが、廊下へ出て行く直前、麦が僕を振り返る。

「あおしくんもくる？」

「や、僕は行かない」

「あおしくんもいこうよ。たのしいよ」

何がだ。あの怒声の真っただ中へ行くのが楽しいわけないだろ。しかし麦はひとりで行くつもりがないみたいだ。僕は大きく息を吐いた。付いて来てほしいならそう言えばいいのに。言われたところでやっぱりまずは「行かない」と答えたはずだけれど。

重すぎる腰を上げ、麦と一緒に一階へ下りた。こそりと居間を覗くと、父さんと母さん、姉ちゃんの三人がいて、父さんはやっぱりまだ姉ちゃんを怒鳴っていた。

「自分から出て行って、父親のわからん子どもまで作って。全部おまえが身勝手してきた結果だ。おまえ自身の責任なんだぞ」

お叱りの内容は概《おおむ》ね想像していたとおりだ。たぶんずっと同じようなことを繰り返し言っているのだろう。よくもまあこんなにもエネルギーが続くものだと思う。

しかし姉ちゃんは何も言い返していなかった。泣きもせず、怒りもせず、無表情でただただ父さんの話を聞いている。

代わりに、母さんが父さんを必死に諌《いさ》めていた。言い過ぎだ、落ち着きなさい、楓本人が一番よくわかっている。

これまでと違う母さんの態度に、父さんは戸惑っているようにも見えた。それでもなお姉ちゃんに強い語調で言い募る。姉ちゃんは、何も言わずに視線を下げている。誰も、僕と麦が戻ってきたことにすら気づいていない。

「……」

麦は僕の左足に張り付いていた。自分から行くと言ったくせにやっぱり怖いみたいだ。

僕は、麦の頭をぽんと撫でる。すると麦は、僕の足に抱きついたまま、おずおずと口を開く。

「じいじ」

居間の声がぱっと止み、父さんがこちらを向いた。強張《こわば》った表情のまま丸く開いた目は、麦のことを見ていた。

麦は僕の後ろに隠れながら、ほんの少しだけ顔を出す。

「麦の、じいじ？」

父さんが三度瞬きをした。肩で息を吸い、それから長く深く吐き出した。俯いて、ばつが悪そうに髪を掻く。

「楓。まだ話さなきゃならんことはあるが、今日はここまでだ」

父さんが言った。姉ちゃんは「そう」とやっと言葉を発して立ち上がった。

居間を出て行こうとする姉ちゃんを麦が見上げる。姉ちゃんは麦に笑いかけ、丸いほっぺたを指でくすぐった。

「心配かけてごめんね。ママは大丈夫だよ。ほら、じいじにご挨拶しといで」

姉ちゃんは二階の自分の部屋に戻って行った。麦は不安そうな顔で、階段の上の姉ちゃんと僕とを交互に見ている。

僕は麦を足にくっつけたまま父さんのところへ行き、麦を剝がしてふたりで正面に座った。麦は怖がっているが、父さんの顔つきはさっきよりも少し柔らかくなっているように思える。

「ほら、麦」

声をかけても、麦は固まったまま何も言わない。だいぶ緊張しているみたいだ。どうしようかと思っていたら、母さんが隣にやって来て、麦を自分の膝の上に乗せた。

「麦ちゃん、怖がらせちゃったね。ごめんね。じいじ怖かったよね」

母さんがぽんと麦の背中を叩く。麦は一度頷いて、母さんのエプロンをぎゅっと握り締めた。

「お父さんも、あんまり叱らないでって言ったのに、あまつさえ麦ちゃんの前で怒鳴ったりして」

「……それは、確かに、よくなかったかもしれないが」

「麦ちゃん、じいじに会えるのずっと楽しみにしてたのにねえ」

母さんの胸に顔を埋めていた麦がちらりと父さんに目を遣った。父さんは少し狼狽《うろた》える素振りを見せ、おそるおそる麦に手を伸ばした。しかし麦はぱっと顔を背け、ふたたび母さんにしがみつく。

「む、麦ちゃん」

「まずは謝らないと。麦ちゃんと仲良くなるのはそれからですよ」

「あ、ご、ごめんね麦ちゃん……」

父さんは麦にそう言った。母さんに言われるがままの父さんも、謝ったりしている父さんも見たことがなかったから、僕は終始無言で、内心かなり動揺していた。

麦は母さんから離れず、父さんのことも見ないまま、けれど首を縦に振った。父さんの肩が空気が抜けたみたいに下がる。母さんは、困った顔で笑っていた。

僕は、当然笑うことなんてできず、全身の力を抜いて項垂れた。妙な気怠さだけが、体のあちこちに残っていた。


父さんは、うちに帰ってくるために長く休暇を取ったらしい。帰るのは来週の火曜日の朝。つまり一週間は我が家で過ごすこととなる。

父さんは初日以来、姉ちゃんに怒鳴ることはなかった。ただ、言い争いをしないだけで、関係が修復したわけではもちろんない。顔を合わせても、父さんの小言を姉ちゃんが無視するか、お互い無視するか。そんな感じで、常に空気に棘《とげ》が生えているみたいだった。

　正直言って、勘弁してくれと思っていた。ふたりの仲が悪いのは勝手にしたらいいけれど、この刺々《とげとげ》しい雰囲気の中で過ごさなければいけない僕の身にもなってほしい。最悪なのは食事中だ。昔からの家族の決まりに則って、夜はみんなで食べることになっているのだ。僕は毎度砂を食っているような気分になっていた。そりゃそうだろう、お通夜だってここまで酷い空気じゃない。こんな中で食べるごはんは、最高級のステーキを出されたって美味しいとは思えない。

　これならひとりで食べたほうが千倍楽しく食事ができる。そう思い、部屋でひとりで食べさせてくれと進言したら、なぜか父さんではなく麦に怒られた。僕は白目を剥いて倒れそうになった。

　こんな息苦しさの中で一週間も過ごさなければいけないなんて。一週間後のストレス度が心配過ぎて、僕の胃は家族団らん一日目からすでに限界を迎えかけていた。

　ただ。父さんと姉ちゃんの関係性が相変わらずであるのに反し、父さんと麦はかなり仲良く過ごしていた。最初こそ怖がっていたくせに、今や麦は父さんにべったりで、父さんも信じられないほどに麦を猫可愛がりしていた。

「やあ、麦ちゃんは目がくりくりで美人さんだあ」

父さんは目尻にいっぱいの皺を寄せながら、麦を膝に乗せてそう言う。

僕の記憶にある恐ろしい父親はどこに行ったのだろうか。今ここにいるのは紛《まご》うことなき、孫を愛でるただのじいちゃんだ。僕の見たことのない……想像すらしたことのない、父さんの姿だった。

「びじん？」

「うん。可愛くて賢い顔をしてる」

「かっこいいもある？」

「かっこいいもある。じいじの孫ちゃんは世界一だな」

「えへへ。麦、せかいいち！」

ぎゅうっと麦に抱きつかれた父さんを見ている僕は、海でダイオウイカに遭遇したらこんな顔をするだろうという表情を浮かべているに違いない。

父さんのジジ馬鹿な一面は、僕からしたらかなり気持ち悪かった。けれど実の孫を邪険にしているところを見るよりはマシだ、と自分に言い聞かせてスルーしている。

僕が学校から帰ると、麦が「じいじとあそびにいった」と嬉しそうに報告してくることもあった。近所を散歩したり買い物に行ったりしているらしい。

麦の服やおもちゃが日に日に増えているのは見ない振りをした。父さんが風呂に行っている間にこっそり覗いたスマートフォンに麦の写真がいっぱい保存されていたのも、もちろん見なかったことにした。

◆

麦に朝早く起こされることにも不本意ながら慣れ始めてしまった土曜日。この日もまた僕は麦の襲撃を受け、朝の六時半に目を覚ました。

「あおしくん、おはよー!」

「……今、何時?」

「くじ」

「嘘つくな……まだ六時半じゃん」

僕は大きなあくびをかます。

今日の僕も予定はない。本来ならばあと四時間は眠っていられるはずだ。麦がやって来る前の僕はそうだった。麦が来てからは、予定のない休日も健康的に早寝早起きをしてしまっている。僕としては、遅寝遅起きの不健康な生活が心底恋しい。

「あのね、麦、じいじとおさんぽいくんだけど」

「へえ」

まだ布団の中で寝そべりほぼ目を閉じている僕の上に、麦はカウボーイのごとく跨っている。

「あおしくんもいく？」

「行かない」

「なんで？」

「まだ眠いし。朝ごはんも食べてないし。顔も洗わなきゃだし。準備に、時間かかるから」

「まっててあげようか？」

「いや……じいじは早く麦とお散歩行きたいはずだから、蒼士くんは遠慮します」

麦のせいで重たい布団をどうにか頭の上まで引っ張る。

「そうだった。じいじがまってるんだった」

麦は珍しくすんなり引き下がる。

「じゃ、麦、おさんぽいってくるね」

「いってらっしゃい」

「まるいいしコロあったら、もってくるね。あおしくんにあげる」

「あ、うん。いらないけど」

部屋を出て行く麦を見送って二度寝を開始した。だが最近の僕は、一度目が覚めてしまうとなかなかぐっすり眠れなくなるのだ。そもそも昨日は夜の十一時にはもう寝ていたし。すでに七時間以上眠っている。結局七時前には布団から出て、一階の居間に下りていった。

相変わらず姉ちゃんはまだ寝ているようだった。母さんが朝ごはんを用意してくれたから、麦が置いて行ったワニタロウと向き合いながら、ひとりでもそもそと食べていた。

ちょうど食事を終えたタイミングで、麦と父さんが散歩から帰ってきた。がらりと戸が開き、麦の「ただいま！」という声が響く。それに続き、

「おじゃましまぁす！」

という聞き慣れた声も聞こえた。まさかと思いながら、廊下にのそりと顔を出す。

「え、清高？」

「お、蒼士。おはよ」

なぜか麦と父さんと共に、清高が我が家に帰宅していた。清高は履き古したスニー

カーを脱ぐと、麦の後ろについて居間へとやってくる。

「蒼士、まだ寝てるかと思ってた」

「麦に起こされたんだよ。てか清高、なんで父さんたちと一緒なの？」

「ばあちゃんの畑手伝ってたら、麦ちゃんと蒼士のおじさんが通りかかってさ。野菜お裾分けしようと思って、ついでに遊びに来ちゃった」

「ついでって。こんな朝っぱらから」

清高は母さんにビニール袋を渡した。中には清高のおばあちゃんの家庭菜園で育った野菜が入っているようだ。

「ちょっとだけだけど」

「あら、美味しそうなきゅうりとおなす。見て麦ちゃん、立派なトウモロコシもある」

「とーもこし？」

「ありがとね清高くん。今夜はなすの煮浸しにしようかしら」

「麦、たねもらった」

麦がズボンのポケットから丸まったティッシュを取り出した。母さんがそれを開くと、小さなまきびしみたいな種が包まれていた。

「なんの種？」

「んん？　わかんない」

「ほうれん草だよ。今の時期に蒔くとちょうどいいってばあちゃんが」

清高が答える。

「なら、お庭の花壇が空いてるから、あとでそこに蒔こっか。麦ちゃんやってくれる？」

居間から見える庭の小さな花壇を見て、麦がぱあっと笑みを浮かべた。庭は普段から母さんが手入れしており、いつも綺麗な花が咲いているが、今はちょうど何も植えられていない。次は何を植えようかと悩んでいたところらしい。

「じゃあおれ、種蒔くの手伝ってから帰ろ」

「きよたかくん、いっしょにたね、まくの？」

「うん。おればあちゃんから家庭菜園学んでるから、得意だぜ」

「わあ、すごいねえ！　じゃあ、あおしくんも？　あおしくんもやる？」

麦が目をきらきらとさせて僕を見た。ちらと清高に目を遣ると、清高も麦と同じような、期待に満ちた視線を僕に向けていた。

「まあ、清高がやるなら」

清高の友達である僕が逃げ出すわけにはいかないだろう。

「わあい！」

「はあ……清高がすぐ帰ってくれたら麦に付き合わずに済んだのに」

「遊びに来たって言ったろ？　すぐ帰るの嫌じゃん」

「まあいいや。僕、歯磨いてくる」

立ち上がると、麦が「あ！」と大きな声を上げる。

「わすれてた。あおしくん、はい」

麦は、種を入れていたのと逆のポケットに手を突っ込み、何かを取り出した。その何かを僕の手にぽとりと載せる。

「まるいいし」

「どうもありがとう」

あとで庭に投げ捨てておこう。僕は丸い石をポケットに入れて、のそのそと洗面所に向かう。


「つうか、おじさん帰ってきてたんだな」

父さんと麦が花壇の土を手入れしているのを、僕と清高は縁側の掃き出し窓を開け放って見ていた。

清高は、母さんが用意したかりんとうをいい音を立てて齧っている。

「うん。火曜日には帰るけど」

「帰ってくるの珍しいじゃん。さては麦ちゃんに会いに来たんだな？」

「あと姉ちゃんを叱りにね。おかげで家ん中の空気最悪だよ」

「なんだ、おじさんと姉ちゃん、まだ仲直りしてねえの？」

「するわけないだろ、あのふたりが」

盛大な溜め息を吐いたところで麦に呼ばれた。種を蒔く準備ができたようだ。

サンダルを履いて庭に下りる。小さな花壇には、浅い溝が四本できている。この溝にぱらぱらと種を散らばせて、上から土を被せるらしい。大きな畑に蒔くわけでもないのだから、麦ひとりでだって十分にできそうだ。

「あおしくんここね。きよたかくんあっち。じいじそっち」

だが麦に、ひとりひと溝のノルマを課せられた。僕は清高からまきびしを貰い、せっせと溝に蒔いていく。最後に、丸い石を溝の横に置いた。麦が目ざとく見つけたが、「僕の蒔いた場所っていう目印」と言ったら素直に納得し、自分も平べったい石ころを拾って真似して置いていた。

仕上げの水やりは麦がやることになった。ぞうさんのじょうろに水を入れ、麦は水道と花壇とを何往復かしながらせっせと土を湿らせていく。

「清高くん。ほうれん草はどれくらいで収穫できるんだったかな」

縁側から足を投げ出してぶらぶらさせていた僕らに、ロッキングチェアに座った父さんから声がかかる。

「確か一ヶ月か二ヶ月くらいじゃなかったかな」

「じゃあうまく育てられれば年内には収穫できるかもしれないね」

「ですね」

水をやり終えた麦が、ぞうさんじょうろを置き、こちらを向いた。すっかり涼しくなったのに、重労働のおかげかうっすらと汗を搔いている。それを手で拭いながら、麦は満面の笑みを浮かべる。

「ママ！」

僕を見ながらそう叫んだから一瞬ぎょっとした。しかし振り返ると、廊下に姉ちゃんが立っていた。今起きたところみたいだ。

麦はサンダルを脱ぎ捨てると縁側にのぼり、僕の横をすり抜けて居間を駆けていく。

「ママ、おはよ！」

抱きつく麦を姉ちゃんが受け止めた。姉ちゃんの髪は、今日も右側だけ寝癖が付いている。

「おはよ。何してたの？　てか清高くんもいるじゃん。みんな早起きだな」

「蒼士の姉ちゃんおはよ！　朝から遊びに来てるぜ」

「あのね、麦と、あおしくんときよたかくんとじいじでね、たねうえた」

「へえ、そうなんだ。なんの種？」

麦が振り向いた。清高が小声で「ほうれん草」と言うと、麦は「ほうれんそう」と繰り返す。

「そっか。育ったら食べよう」

「うん！　みんなでね」

姉ちゃんは、ちらと父さんを見ると、居間には入らずに麦と一緒に台所のほうへと行ってしまった。父さんはロッキングチェアで腕を組んだまま、姉ちゃんのほうを見ようともしない。

ふたりのその様子に気づいたのか、清高も横目で父さんを見遣ってから、僕と目を合わせた。僕は肩をすくめる。これはもう、どうしようもないことだ。

台所から麦の楽しそうな声がしていた。姉ちゃんがコーヒーを淹れようとしているようだ。母さんの声も聞こえてくる。随分楽しそうだが、こっちは父さんと姉ちゃんのせいで重苦しい空気になっている。一応お客さんもいるというのに、最悪だ。

「なあ、おれさ、前に蒼士と姉ちゃんは似てるって話したじゃん」

唐突に、清高がそう言った。僕は眉を寄せながら「うん」と頷く。清高がそう言ったのは覚えている。当然、僕はその意見に毛ほども同意していない。

「でさ、おじさんと蒼士の姉ちゃんも、そっくりだって思ってんだよね」

僕はより一層眉を寄せた。清高越しに見る父さんは、無言のまま僕よりも眉間に皺を寄せ、視線だけこちらに向けている。

「いや、まあ、父さんと姉ちゃんは、僕もわりと似た者同士だと思ってるけど」

「頑固で、意地っ張りなところとか。合ってる？」

まあ、と呟きながら父さんを見た。怖い顔のまま父さんはふいと目を逸らした。どうやら自覚があるみたいだ。ないはずないだろうけれど。

清高のこの意見には同意する。もちろん、清高が言っているから頷くのであって、自分から父さんに「頑固だよね」なんてことは到底言えやしない。

「頑固って、僕にも言ったよね」

「そうだな。蒼士もそっくり」

「どこがだよ。それは全然違うって」

僕がむくれると清高は笑った。台所のほうからとたとたと足音がする。

「うちもそうだけどさあ、身内同士にしかわかんねえこともあるし、逆に外野だから見えてるもんもあると思うんだよね。まあ別に、それに口出す気はねえけど」

「つまりどういうこと？」

「つまり、長男のおれから言わせてもらうと、意地っ張りなのも可愛いけど、素直なほうがもっと可愛いと思うぜってこと」

そのとき、廊下から麦がひょこりと顔を出した。空のコーヒーカップを手に持っている。

「かわいいって、なにが？」

聞こえていたらしい。首を傾げながら問いかける麦を、清高は手で指し示す。

「麦ちゃんみたいな子のこと」

「麦は、かわいいもうれしいけど、かっこいいもうれしい」

「うん。素直なのはかっこいいよな」

「きよたかくん、コップ、これでいい？　ママがコーヒーつくってる」

「いいよー」

麦が台所へ戻って行く。清高があくびをするから、僕にもうつって大きなあくびをした。揺れるロッキングチェアの上で、父さんは、自分の膝に頬杖を突いた。

「そうだな」

と、小さな声で言うのが聞こえた。

夜、風呂から出たところで、父さんの書斎のドアが開いていることに気づいた。中を覗くと、絨毯《じゅうたん》の上に本のようなものを広げ、父さんと麦とが一緒に見ていた。

「何見てんの？」

気になり声をかけると、麦が振り向いた。

「アルバム」

「アルバム？」

「ママがね、ちっちゃいときの」

父さんに手招きされたから、髪をタオルで拭きながら書斎に入った。開かれているものの他にも、布張りの表紙のアルバムが数冊そばに積まれている。

「これ、あおしくんだって」

麦がアルバムを僕に向けた。僕が赤ちゃんのときの写真が、開いた面に合わせて六枚挟まれていた。

小学生の姉ちゃんが僕を抱っこしている。僕は姉ちゃんの腕の中で眠っていて、姉ちゃんは歯抜けの口を大きく開いて笑っている。

「あおしくん、かわいいねえ」

麦が写真の中の僕を撫でた。

「これって、僕が三ヶ月くらいのときか。なら姉ちゃんは二年生とか？」

「そうだな。蒼士の世話をよくしていた」

「そうなの？　僕は姉ちゃんにお世話してもらった記憶なんて全然ないや」

覚えている中で一番古い記憶だと、僕が幼稚園に入ったくらいのときからか。そのときにはすでに姉ちゃんは自由奔放に生きていて、ガキ大将みたいな性格の姉に、弟は振り回されっぱなしだった。

父さんがアルバムを捲《めく》っていく。そこに飾られた家族の写真を、麦は興味津々に眺めている。麦の知らない家族の歴史だ。僕だって、写真に写ってはいても、小さすぎて覚えていない。だから写真の中の家族の姿は、僕にとってもほとんど知らないものばかりだ。

この一冊は、僕が生まれたときから、三、四歳頃までの写真をまとめたものだった。ぶ厚いアルバムの後半は、幼稚園に入園した頃の僕と、小学校高学年になった姉ちゃんとが多く写っている。

「これは蒼士が年少さんのとき。今の麦ちゃんと同じ歳の頃だね」

父さんが一枚の写真を指した。幼稚園の運動会だろうか、体操服姿で桃色の帽子を被った僕が、きょとんとした顔でこちらを見ている。

「蒼士、覚えてるか？　おまえ駆けっこで断トツのビリだったのに、一番楽しそうににこにこしながらゴールしたんだ」

「うぅん、どうだろう」

覚えているような、いないような。年中さんくらいからなら記憶があるのだけれど。

「あおしくんもさんさい？」

「そうだよ。こうして見ると、蒼士より麦ちゃんのが大きいな。蒼士はこの頃はまだあんまり喋らなかったし」

「麦は、おしゃべりっていわれる」

「うん、麦ちゃんはいっぱい言葉を知ってて偉いね」

父さんが麦の頭を撫でた。麦はくすぐったげに肩をすくめている。

「楓譲りかな。楓も喋り始めるのが早かったんだ」

父さんは、脇に積んでいたアルバムの中から臙脂《えんじ》色の表紙のものを手に取った。表紙の擦れ方からして一番古いものだ。開くと、麦の写真ばかりが挟まれていた。いや、これは麦じゃない。麦に見えるけれど……別の女の子だ。

「麦ちゃんは、楓の小さい頃にそっくりだ」

父さんが一枚の写真を取り出して、麦の顔の横に並べた。

そうか……これは姉ちゃんが三歳のときの写真か。

確かに一瞬区別が付かないくらいに似ている。まん丸の目とか、ぷっくり膨れた輪郭とか、お転婆だけどちょっと抜けていそうなあほ面とか。

「ほんとだ。麦、ママとそっくり」

嬉しそうに麦は頬を緩める。父さんとふたり、向かい合って笑う様子を見ながら、僕は「似てないね」とつい思ったことを口にする。

「え、なに、あおしくん。なんていった？」

「やべ」

「麦とママ、にてるもん！」

麦が怒る。

「聞こえてたのかよ。いや、見た目はそっくりだけどさ。中身の話。中身は全然違うじゃん。だって麦は父さんにべったりだし」

「べったり？」

「麦はじいじと仲良しだろ」

「うん」

「でも姉ちゃんは昔っから父さんと喧嘩ばっか。だから麦とは似てないってこと」

「そうなの?」

「いや、麦ちゃんは、中身も楓そっくりだ」

父さんが言った。父さんの視線は、写真の中の姉ちゃんに向いていた。

武骨な指先が三歳の姉ちゃんを撫でる。麦は首を傾げながら、父さんを見ている。

「楓も、麦ちゃんくらいの歳の頃は、じいじの後ろをよくついて回る子だったんだよ」

「そうなの? ママも、じいじのことすきだった?」

「小さい頃はね、そうだった。だから麦ちゃんと一緒」

似ていないという僕の意見で少しむくれていた麦は、父さんの言葉であっという間に機嫌を戻した。

僕は、信じられない気持ちでいた。だって父さんと姉ちゃんの仲が良かったときなんて一瞬たりとも知らない。そりゃ、三歳のときから確執があったとは思っていないが、それでも父さんに懐いている姉ちゃんなんて、想像できない。

「ほんとだ。これ、ママとじいじ、なかよしだね」

臙脂のアルバムを捲った先で麦が一枚の写真を示した。小さな姉ちゃんが、今より若い父さんの膝の上に座り、ふたり同じような顔で笑っている写真だった。

父さんは、いつも麦に向けているのと同じ表情でその写真を見た。こんな顔を姉ちゃんに向けているところは見たことがなかった。

もしも、なんて、どうしようもないことを考える。もしも父さんが、姉ちゃんにもこの表情を真っ直ぐに向けていたなら。僕ら家族の今は、きっと、違うものになっていたんじゃないかって。

「ママね、ちっちゃいときだけじゃないよ」

麦が顔を上げ、にかっと笑う。

「いまもね、じいじのことすきだよ」

父さんは驚いたような顔をして、それから目尻をめいっぱい下げた。何も言わずに微笑みながら、大きな手で、麦の頭を撫でていた。

◆

どうなることかと思っていた一週間は案外あっけなく過ぎる。重苦しい家の空気はずしりと感じ続けていたが、それでも大事件は起きず、あっという間に父さんが単身赴任先へ帰る日の前日となった。

「ねえ蒼士、今日の数学の宿題さ、一緒にやらね？　おれ絶対ひとりでできる気しないから。蒼士と一緒にやりたいなって」

授業を終え帰る準備をしていると、猫撫で声を出しながら清高が僕の席までやって来た。可愛い子ぶっているのか、机の上に顎を置いて上目遣いで僕を見上げている。

「……別にいいけど」

「お、まじか！　やったぜ、おれのカワイイ攻撃が効いたな。蒼士もカワイイに弱くなってきたなあ。麦ちゃんの影響か？」

「弱くなってないしおまえは全然可愛くない。たぶん僕のほうが可愛い」

「で、どこでやる？　うちでもいいけど、今日は妹たち全員揃ってるはずだから、うるさいんだよなあ」

「うちでやる？　まだ父さんいるけど」

「お、行く行く。おじさんいても全然オッケー」

「僕や姉ちゃんの友達で、うちの父さん怖がらないの清高だけだよ」

清高はうちの父さんが厳しいのを知っているくせに、昔から構わずフレンドリーに接している。この陽気さというか、人懐こさを見ると、やはり僕よりも清高のほうが麦の身内なんじゃないかと思えてしまう。

僕らはさっさと帰り支度を済ませ学校を出た。自転車を走らせ、清高の家を通り過ぎ、僕の家の玄関前に二台の自転車を並べて止める。

戸を開けると早速麦の声が聞こえてきた。父さんと遊んでいるのだろうか。

「ただいまぁ」

「おじゃましまぁす！」

「あおしくんだ！　あとだれかきた！」

声を聞きつけた麦が居間から飛び出してきた。

「あ、きよたかくんだ！」

「麦ちゃん、やっほー」

「やっほー！」

居間にはやはり父さんもいた。また新しいのを仕入れてきたのか、見たことのないブロックのおもちゃが転がっていた。

「蒼士のおじさん、おじゃましまっす」

清高が僕の背後から顔を出す。さらにその後ろからなぜか麦も顔を出す。

「お、清高くんか」

「蒼士と宿題させてもらいますね」

「うん、偉いな。ゆっくりしていきなさい」

清高がぴっと敬礼するのを麦も真似ていた。

台所からジュースを持ってきて清高と二階に向かう。なんだか嫌な予感がして部屋に入る前に振り返ると、案の定、後ろから麦が付いて来ていた。

「麦、今日は駄目だ。おまえはじいじと遊んでろ」

「じいじとさっきあそんだ。あおしくんたちとあそびたい」

「じいじが泣くぞ。僕たち、今日は宿題やらなくちゃいけないいんだから、おまえに構えないいんだよ。ほら、下に戻って」

両手がお盆で塞がっているからお尻で麦を押した。しかし麦は驚異の体幹を発揮し、唇を尖らせたままその場を動かない。

「まあいいじゃん蒼士」

清高が困り顔で笑う。

「よくないよ。こいつがいたら宿題進まないって」

「麦ちゃん。おれら勉強するから、その間ちゃんと静かにしてられる?」

「うん。しずかにする。麦もおべんきょする」

「だって。蒼士」

うるっとした四つの目に見られ、僕はたじろいだ。三秒考えてから、諦める。

「邪魔したらすぐに追い出すからな」

「うん！　だいじょうぶ」

清高と麦を部屋に招き、折り畳みのテーブルを出して三人で囲んだ。僕と清高は数学の教科書とノートを広げ、麦にはいらないプリントの束と鉛筆を与えた。

約束どおり、麦はわりと大人しくしていた。プリントの裏に文字みたいなものや絵を一生懸命に描いている。麦よりも、清高のほうが集中力が足りないくらいだ。ノートを三行埋めてはシャーペンを置く清高を諫めながら、僕らは宿題を進めていく。

「え、麦ちゃん、もう字が書けるんだ」

何度目かの休憩をしている清高が、麦のプリントを覗き込んだ。

「うん。麦、ひらがなかけるよ」

「すごいなあ」

麦はプリントになおもぐにぐにと線を書いていく。その謎の図形は僕には到底文字に見えない。

「ママが教えてくれたの？」

「ママもおしえてくれた。あと、ほいくえんのせんせいも、ちょっとだけ」

「保育園？」

清高が僕を見る。

「麦ちゃん保育園行ってんの？」

「うちに来る前ね。今はどこも行ってないよ。キリよく来年度から入園する予定で保育園か幼稚園探すらしいけど、それまでは母さんと姉ちゃんで面倒見るって」

「へえ。幼稚園だったらうちの弟と一緒んとこ行けるかもしれないのになあ」

清高がそう言うと麦が反応した。

「きよたかくん、おとうといるの？」

「いっぱいいるよ。妹もいるし。一番下の弟は、麦ちゃんと同い年」

「そうなんだあ。おともだちになりたいな」

「そうだね。今度一緒に遊んでやって」

うん、と麦は大きく頷いた。

「これはね、麦のなまえ」

麦が鉛筆を置いて、プリントを僕らに見せる。

「おお、すごい」

「んん？」

短い指が示すところに目を凝らした。まやまむぎ、と書いてあるような気もしないではない。正直言って、よくわからない。

「こっちは、なんと、あおしくんのなまえ！」

麦の人差し指が、隣の象形文字に移った。まやまあおし。麦の名前よりは、まだ読める気がする。

「お、上手だなあ」

「でしょ。うまくかけた」

「すごいな麦ちゃん」

褒められてよほど嬉しいのか麦はだらしない顔で笑う。それから勢いよく僕のほうを向いた。僕にも褒めてほしいのだと顔中に書いてある。

「……上手に書けたな」

「えへへ！」

自分でも心がこもっていないとわかる声だったのに、麦は満足したらしい。やる気に満ちた表情で、またプリントの空白を埋めていく。

「麦ちゃんは蒼士のことが大好きなんだなあ」

清高がとんでもないことを呟いた。

「うん。だいすき！」

麦は間髪入れず答える。

僕は淡々と最後の問題を解いていた。清高のほうはまだ半分近く残っている。

「いいなあ。うちは弟たちはお兄ちゃん好きって言ってくれるけど、妹たちはもう言ってくれなくてさ。いや、てかそもそも妹にそんなこと言われたことねえな」

「そうなの？　きよたかくん、やさしいおにいちゃんなのにねえ」

「ねえ」

麦と清高が見つめ合って首を傾げた。僕はノートに公式を書きながら、なんとなく思ったことを口にする。

「清高が優しいお兄ちゃんなのはわかる。麦だって、こういう自分に構って味方してくれるお兄ちゃんのが好きなはずだろ」

前から考えていたことだ。僕は麦を特別可愛がっているわけでもないのに、そのわりには麦に懐かれている。母さんや父さんも、一応姉ちゃんもいるから、寂しいわけではないはずだ。

だったらどうして僕に構うのだろうと、ずっと思っていた。

「僕は、清高みたいに優しくないのに、それでも僕のことが好きなの?」

公式の最後のイコールを書いて、そっと顔を上げる。

麦と清高が、揃ってきょとんとした顔をしていた。

「なんか蒼士、めんどくさい彼女みたいだな」

「うるさいな」

「麦しってる。それ、しっとってていうんだよ」

「違うわ! どこで覚えたそんな言葉」

僕はむんっと口をへの字にしてノートに視線を落とした。数式だらけの視界に、麦のむちむちの両手がにゅっと伸びてくる。

「あおしくん、おこらないで」

「怒ってない」

「あのね、麦あおしくんのことすきだよ。ばあばも、じいじもすき。あのね、いっしょなだけでね、うれしいんだよ」

僕はへの字口のまま視線を上げた。僕を覗き込む麦の丸い目と目が合った。麦が小さな歯を見せて笑う。

「ずっとね、ママと麦だけだったの。ママがいっしょだから、ぜんぜんさみしくなかったけど、でもね、ママがね、いつもおはなししてくれるの。あおしくんと、ばあばとじいじのこと。だからね、麦、あおしくんたちに、あいたかった」

麦は、何度も瞬きをしながら必死に話す。

「あえてね、うれしいよ。あおしくんたちがいっしょにいてくれて、みんなでまいにちごはんたべるの。麦、すごくうれしい。だからね、麦は、あおしくんのこと、ぜったい、だいすきだからね」

だいじょうぶだよと、麦は言った。麦に嫌われたところでなんとも思わないのに、麦はまるで僕を安心させるように、手のひらで僕の頭を撫でた。

ちらと見ると、清高が頬杖を突いて微笑んでいる。僕は目を逸らし、指先でこんと清高のノートをつついた。清高が慌ててシャーペンを拾う。麦はイヒヒと笑って、自分も勉強を続けた。


宿題は一時間半ほどで終わった。僕はもっと早く終わっていたけれど、清高の分が苦戦し、この時間になってしまったのだった。

無事に宿題を終えた頃には一階からいい匂いがし始めていた。今日の夕食は父さんの好物、サツマイモの天ぷらだった。

せっかくだからと母さんが誘い、清高もうちで夜を食べていくことになった。清高がいるだけで食卓の雰囲気が明るくなるからありがたい。清高は「美味しい」を連発しておかずを遠慮なしに掻き込みながら、父さんとも母さんとも姉ちゃんともいろんな話題で盛り上がっていた。我が家の食卓に珍しく和気藹々《わきあいあい》とした雰囲気が漂っている。僕は久しぶりに楽しい夕食をとっていた。

そのさなか、清高と父さんが進路の話を始めた。清高の進路が決まらず、僕の進路希望をそっくり真似たという話をしたのだ。

「大学だけじゃなくて専門とかも考えていいと思うし、なんなら進学しないってのもひとつの方法だし。どれもいいなあって思っていろいろ考えてたら、プリントに何書けばいいかわかんなくって、結局蒼士と同じのをそのまま書いたんですよね」

食べかけの天ぷらを箸で摘まんだまま清高は指揮者のように手を振る。

「まあ、そしたら先生に今のおまえじゃ無理だぞって即言われたんですけど。だから最近はちょっと勉強頑張ってるんですよ」

「でもきよたかくん、さっきいっぱいさぼってた」

「こら麦ちゃん！　ばらすな！」

父さんと母さんが笑った。姉ちゃんも少しだけ表情を緩ませていた。僕はひたすら影を薄くして、なるべく音を立てないように天ぷらを食べていた。

それでも空気になりきることはできない。流れで父さんが、僕に話を振ってきた。

「蒼士は、進学先ははっきり決めたのか？」

せっかく美味しいごはんを食べられていたのに、急に味がしなくなる。

「ううん。はっきりとはまだ。でもいくつか候補を絞ってる」

どこも父さんが薦めていた大学だ。就職にも困らなそうな学部を選んでいる。きちんと、そこに余裕を持って入れるだけの学力もキープしていた。決して父さんの意に沿わないことはしていない。

「そうか」

と父さんは言った。そのひと言を発しただけで、それ以上何も言わなかった。

僕は柴漬けをごはんに載せて頬張る。ほっぺたを膨らませながら、違うことを話し始めた父さんと清高の会話を聞いている。

ちょっとだけ、拍子抜けしてしまった。今回父さんが帰ってきてから進路の話はしていなかったし、もっと根掘り葉掘り訊かれるものと思っていたから。

姉ちゃんのときに失敗した分、僕の進学にはより慎重になるのだろうと考えていたけれど。案外さらっと終わってしまって、気が抜けたような、少し怖いような。

「……」

ごはんに柴漬けを追加して掻き込んだ。ほどよくしょっぱい柴漬けは、炊き立てのごはんによく合っていた。


清高を見送り風呂を済ませ、部屋でだらだらしてから、そろそろ寝ようと一階にあるトイレに向かった。すると、台所から出てきた姉ちゃんと廊下で鉢合わせてしまった。

「蒼士。もう寝るの？」

「あ、うん、まあ」

麦はもう寝ている時間だろう。姉ちゃんはパジャマ代わりのスウェット姿だが、まだ全然眠そうな顔つきじゃない。さすが、朝起きるのが遅いだけある。

「蒼士、明日の朝ごはん何にする？」

「え？　別に、いつもどおりでいいけど。ごはんと、味噌汁と、なんか」

「今ならフレンチトースト作ってもらえるよ」

「え、じゃあ、それで」

答えると、姉ちゃんは電気の点いている台所に向かって呼びかける。

「お母さん、蒼士もフレンチトースト食べたいって」

「あらそう。了解」

母さんの声が聞こえた。ふたりで台所にいたらしい。

「姉ちゃん、夜食でも食ってたの？」

「んなわけないじゃん。麦のフレンチトーストの用意してたんだよ。お母さんに、美味しい卵液のレシピ教えてもらってたんだ」

「ふうん」

「あ、あんたの分はお母さんに作ってもらってね。もしくは自分で作れ」

「わかってるよ」

僕は電気を点けてトイレに入った。用を足して出たときには、姉ちゃんはもういなくなっていた。

なんとなく台所を覗くと、母さんがタッパーに食パンを入れているところだった。

「蒼士、ちょうどよかった」

僕に気づいた母さんが振り向く。

「何？　なんか手伝う？」

「そうじゃなくて、お父さんが、蒼士のことを呼んでたの」

「えっ」とあからさまに嫌な声を上げてしまった。母さんが苦笑いをする。

「あとで呼びに行こうと思ってたんだけど。お父さん、あんたに話したいことがあるみたいだよ」

「……話って何？　怒られるようなことした覚え、たぶんないけど」

「さあ。別に怒られるとは限らないでしょう」

「でも、じゃあ他に何？　進路の話とかかな」

清高との会話でその話題が出たから、きちんと僕に確認しておこうということだろうか。かなり腰が重いが、行かなければ叱られるかもしれない。

「母さんから言っといてくれればいいのに。僕はちゃんと父さんの言う大学目指してるって」

「言ったよ。ちゃんと、蒼士は勉強頑張ってるってね」

僕はなんとなく顔面に力を入れた。もう一度トイレに入って、父さんが単身赴任先に戻るまで引き籠ってしまおうか。

「蒼士は、お父さんのこと怖がっているみたいだけど」

と、台所を出る直前、母さんが言う。

「お父さんも、お父さんなりに、いろいろ考えてたみたいだよ。楓がいなくなってからの間、いろいろね。それでも結局まともに話をできていないあたりがお父さんらしいというか、なんというか」

「……」

「ふたりともまだ意地を張り続けるようなら、それこそお母さんが言わなくちゃって思ってるけど」

言葉の意味がよくわからず、僕は首を傾げた。そして負傷兵みたいに足を引きずりながら父さんの書斎に向かう。

ドアの前で、何度も深呼吸をしてからノックした。中から父さんの声が聞こえ、ドアを開ける。

「あの、母さんが、父さんが呼んでるって」

「ああ。入れ」

書斎にいるのは父さんひとりだけだった。元々書斎にあったロッキングチェアは姉ちゃんが居間に持って行ってしまったから、父さんは座椅子を使っている。僕は絨毯の上に正座した。ここの絨毯は毛足が長くてふかふかだから、正座してもあんまり脛《すね》が痛くない。

「蒼士、最近どうだ？」

父さんは、座椅子の背もたれに体を預けながら、いまいち答えにくい質問をした。

「どうって、まあ普通だよ。学校では何も困ったこととかはないし……家では、姉ちゃんと麦に困らされてるけど」

「母さんが、蒼士は麦ちゃんの面倒をよく見てると言ってたぞ」

「まあね。見させられてるっていうほうが正しいかも」

「麦ちゃんも、蒼士によく懐いているし」

「……うん」

僕がそう呟いて、会話は一度途切れてしまった。気まずくて、僕は自然と俯いた。息をするのも気を遣う。父さん自慢の壁掛け時計がなければ、まるで世界が止まってしまったみたいに静かだっただろう。

ちらと、目線だけ動かして父さんを見た。父さんは何か考えているみたいに、どこでもない場所を向いている。

父さんの真意を測れなかった。父さんはなぜ、僕を呼んだのだろうか。「最近どう？」なんて世間話をするために呼んだわけじゃない、と思うけれど。

「蒼士は」

と、しばらく経ってようやく父さんが口を開いた。

「うん」

「将来やりたいことはないのか？」

父さんが振り向いた。僕は眉を寄せた。

「とくに、ないけど。普通に生きれたら、それで」

進路の話ではあると思っていたが。この訊き方は、ちょっと予想外だった。なんと答えるのが正解なのかわからない。

僕が姉ちゃんに影響されていないか気にしているのだろうか。僕が父さんの言うとおりにしているか、確かめようとしているのだろうか。それとも。

「今ないなら、それでもいい」

父さんは僕の返事にそう返した。僕は口をぽかりと開ける。

「いつかやりたいことが見つかったときは、蒼士の思うように進めばいい」

「は？」

声を上げた。父さんは指を組み替える。

「大学に入ってからでもいいし、もし高校生の間に目標ができたなら、今の想定から進路を切り替えてもいい。清高くんも言っていたけれど、大学だけじゃなくて、専門学校とか、いろいろ道はあるからな。もしも自分だけじゃ踏み出しづらいことだったら、父さんが背中を押してやる」

僕はあほみたいな顔をして、父さんの話すことを聞いている。

今、僕の思うようにって、言った？　まさか。そんな。そんなこと……僕の知る父さんが言うはずない。

「……それは、たとえばだけど」

どうにか言葉を絞り出す。

「画家になって絵で食べて生きたいって僕が言っても？」

「画家になりたいのか？」

「たとえばだって言ったじゃん。僕は絵描くの下手だし、好きでもないよ」

「蒼士が本気なら、応援する。成功するか、諦めるときまで」

父さんが、昔より瞼の弛《たる》んだ目で僕を見た。僕は息もしないで父さんと目を合わせていた。

小さい頃からずっと、父さんが怖かった。僕自身が父さんに叱られた経験はあまりないけれど、すごい剣幕で姉ちゃんを怒る姿を毎日と言っていいほど見ていたから。だから僕は父さんが怖かった。父さんの言うとおりにしなくちゃいけないと思った。

——おまえはああなるんじゃないぞ。

その言葉を守り、姉ちゃんとは全然違う人間になった。

それなのに、未来は僕の好きにしていいって？　自由にしていいだって？

僕のしたいことを応援する？

そんな馬鹿な。

この人は今さら、何を言っている？

「父さん、急にどうしたの」

僕が眉を顰めると、父さんはひとつ頷いた。

「いや、そうだよな。蒼士にも、今までこんなことを言えなかった」

「こんなことって、僕のしたいことをしろって？」

「父さんな、楓がいなくなってから、いろいろと考えたんだ」

父さんが僕から目を逸らす。

「楓のためだと思ってやっていたことが、むしろ楓を追い詰めていたんだと、楓がいなくなって随分経ってからようやく気づいた。楓が家を出て行ったのは、あいつが我儘をやめないせいだと思っていたけど、本当は父さんのせいだったんだ」

「……それは」

「失敗してもいいから、もっと楓の自由にさせて、夢を応援してやればよかったんだよな。親が子にしてやれることは、子の行く道が平坦であるように示すことじゃなくて、何があったとしてもいつでも帰ってこられる場所を守っておいてやることだったんだ。親としての、子どもへの責任の取り方を、父さんは間違えていた」

逸らされた視線は、組んだ自分の指へと向いている。

少しだけ開けた窓から、冷たい風が入ってきた。今年は涼しくなるのが遅かった。最近やっと秋と、その先の冬の気配がし始めている。

「楓が出て行ってすぐ、父さんは単身赴任を始めただろう。そのときにはまだ自分でも気づいていなかったけど、罪悪感みたいなもので家に居づらくなっていたんだろうな。楓がここにいられなかったのに、自分だけいていいのかって」

「だから、帰ってくることも少なかったの？」

「そうかもしれない。父さんは逃げていたんだ。だから楓が戻ってきたと知って、向き合わなきゃいけない、楓に謝らなきゃいけないと思っていたんだが……いざ顔を合わせると、昔みたいに怒鳴ってしまって。駄目だな。情けない」

父さんの肩が膨らみ、大きな溜め息と共にしぼんだ。それに合わせて、僕もようやく呼吸を思い出した心地で、意識して息を吐いた。吐いた息は震えている。

「楓に何もしてやれなかった分、せめて蒼士には、父さんの考えを押し付けずにいてやりたい」

父さんがもう一度僕を見る。

「……」

思い返してみれば、姉ちゃんがうちにいたときはともかく、僕の高校への進学のときも、大学受験が来年に迫っている今も、父さんは僕の進路や将来について強要をしたことはなかった。いくつか学校を薦められはしたものの、あくまで名前を挙げていただけだ。絶対にここに行けと言われたわけじゃない。父さんの挙げたところへ進むと決めたのは僕だ。そうすることが、当たり前だと思っていた。

父さんのことがずっと怖かった。厳しくする印象ばかりが僕の中にあった。姉ちゃんみたいになるなという言葉が小さな頃から残り続けていた。それが今の僕を、形作っていた。

「僕は」

吐き出したい言葉が、喉のすぐ手前でつかえている。出したいのに、うまく声にならない。

「楓にちゃんと、すまなかったと言えればよかった」

ひとりごとみたいに父さんは言った。

「いえばいいよ」

突然聞こえた声に、父さんと揃って振り返る。書斎の入り口のドアが少しだけ開いて、隙間から、麦が覗いていた。

「おまえ、いつの間に」

「いいたいことは、ちゃんといわなきゃだめだよ。すなおがね、かっこいいんだよ」

「麦ちゃん……」

「じいじ、ママにいいたいこと、あるんだよね？」

父さんは答えない。それでも麦は「まってて」と言い残し、ひとり廊下を歩いていった。僕と父さんは呆けた顔のまま、麦のいなくなったドアの隙間を見ていた。壁掛け時計が秒針を刻む。

間もなく、麦が姉ちゃんを連れて戻ってきた。姉ちゃんは眉を寄せながら、僕と父さんを順に見た。

「何？」

「あのねママ、じいじがママになんかいいたいんだって」

麦が言うと、姉ちゃんは眉間の皺を一層深くした。

「なんかって何？」

姉ちゃんの冷めた視線が父さんに向かう。父さんは表情を険しくし、唇をきつく結んでいた。

姉ちゃんが溜め息を吐く。

「結局やりたいことを諦めてここに戻ってきたのは事実。でもわたしは、お父さんの言葉を聞かずに出て行ったことは後悔してないよ。お父さんが何を言ったって、それを反省する気はない」

早口気味にそう言った。姉ちゃんは、父さんがまた説教をしようとしていると思っているみたいだ。父さんが言い返さないのを見て部屋を出て行こうとするのを、麦が手を引いて止めた。

「ママ、だめだよ」

「じいじはママと話すことないって」

「ちがう。ある。ママ、ちゃんときいてあげて」

麦にじっと見上げられ、姉ちゃんは渋々といった様子で振り返った。僕は父さんを横目で見る。

「楓」

名前を呼び、父さんは立ち上がった。

姉ちゃんと父さんの視線が重なる。そして。

「……すまなかった」

父さんが頭を下げた。

姉ちゃんは目を見開いて、父さんの曲がった背中を見ている。

「今になってわかった。間違っていたのは父さんのほうだ。おまえに考えを押し付けて、息苦しい思いをさせた。もう一度この家に戻ってきたおまえに対し、本当は怒鳴りたかったわけじゃない。父さんのせいで辛い思いをさせたことを、謝りたかったんだ」

「何、言って。今さら」

「そう、今さらだ。あのときは未来がどうなるかなんてわからなかった。どうなったとしても、何が正解かなんて、本人にしか決められない。失敗したって、本当はよかったんだ。全部おまえの人生なんだから」

すまなかったと、父さんはもう一度言った。

吐き出された息は、誰のものだったのだろうか。

長いと感じるくらいの時間、沈黙が続いた。右手で姉ちゃんの手を握っていた麦が、左の手も重ねた。

「ママ」

麦が言う。

「じいじはちゃんと、ごめんねっていったよ」

姉ちゃんの唇が少し歪んだ。長い髪を流して項垂れ、ゆっくりと顔を上げる。

「もういいよ」

ひと言、姉ちゃんはそう呟いた。

父さんが姿勢を戻す。

「楓」

「謝られても、あのときのお父さんのことを、わたしはずっと許せない。お父さんだけじゃない。お母さんのことも。誰もわたしを肯定してくれなかった。あの頃の思いは絶対に消えない」

尖った声音で言い、姉ちゃんは一度頭を振った。数度呼吸を繰り返すだけの間があってから、「でも」と続けた。

「今なら少しだけ、あのときのお父さんの気持ちがわかるんだ」

ほんのわずか、声を弱めて。姉ちゃんは麦の細い髪を指で撫でる。

「わたしさ、ここに戻ってくるまでに結構しんどい思いもしたんだよ。自分のことだから耐えられたけど、もしも同じ思いを麦が味わったらって考えたら、自分のことなんかよりずっと心臓が張り裂けそうになる。それで、ああこういうことかって気づいたんだ」

　お父さん、と姉ちゃんは言った。

　少し伏せた目をまばたいて、姉ちゃんはもう一度父さんと視線を合わせた。

「向いてる方向は違ったし、寄り添えもしなかったけど、お父さんが誰よりわたしの未来を考えてくれてたこと、わたしも人の親になって、ようやくわかったんだよ」

「……」

「言いたいことはさ、言わなきゃ駄目だよね。本当はわたしも、ここに帰ってきて、お父さんに、そう言いたかったんだ」

　葉っぱがほろりと落ちるみたいに、姉ちゃんが笑った。

　父さんは笑わなかったけれど、いつもしゃんと伸びている背筋が、ほんのちょっとだけ丸くなっていた。

「なかなおりした？」

　麦がふたりの顔を交互に見る。

「どうだろうね」

「なかなおりのあくしゅ、する？」

「そこまではね。それはまた今度ね」

「いまやればいいのに」

「大人はいろいろと上手にはできないもんなの」

「ふうん。たいへんだね」

のんきな麦の返答に、父さんもようやく顔を綻《ほころ》ばせた。姉ちゃんが麦の頭を撫でると、麦は目を糸みたいに細めて喜んだ。

まだわだかまりが消えたわけではない。父と娘の関係はぎこちないままだ。

それでも常に尖っていた空気が丸くなったのは確かだった。

ほんの些細なきっかけで、長く凍り続けていたものが、ゆっくりと、溶け始めていく。


次の日、僕が家を出る直前に、父さんが大荷物を持って出発した。

寂しがり、玄関の外まで見送る麦に「またすぐに帰ってくるよ」と父さんは言った。

「またっていつ？」

「そうだなあ。来月には」

「ぜったいだよ」

「あらお父さん、今までは盆と正月にしか帰ってこなかったくせに」

母さんの小言に父さんは困った顔をする。この一週間で、立場が逆転とはいかないまでも、母さんの地位が随分高くなったように思う。

「いってらっしゃい」

と母さんが言った。続けて麦と、僕も言った。

最後に、廊下の奥にいた姉ちゃんが、もう玄関の外にいる父さんに向かい、言った。

「いってらっしゃい」

父さんは僕ら四人を見ている。一週間分の大荷物を抱えながらも、真っ直ぐに胸を張っている。

「うん。いってきます」


それから姉ちゃんは、ひとりでいる時間が減った。積極的に麦と遊び、買い物に行ったり、家事をしたりするようになった。心に刺さっていた太い棘がひとつ取れたかのようだ。どこかすっきりした顔で、毎日をこの家で過ごしている。

家の雰囲気が明るいものに変わっていく。母さんの落ち着いた声と姉ちゃんのお気楽な声、そして麦の朗らかな声が、いつだってどこかから聞こえている。

あの頃とは全然違う。

姉ちゃんがこの家を出て行った、あのとき。こんな穏やかな空気は少しだってこの家には流れていなかった。

僕はよく覚えている。六年半が経った今も……みんながそれを過去にした今も、あのときのことを、僕は少しも忘れてなんていない。

十歳

「石焼き芋ください」

見つけて追いかけた石焼き芋の車を呼び止め、お母さんに貰った千円を払った。石焼き芋屋のおじさんは、大き目の芋を三本見繕って紙袋に入れてくれた。

「いい匂いだなあ蒼士」

「うん」

持っているだけで熱い紙袋からは、甘い匂いが漂っている。

清高とうちで遊んでいるとき、遠くで石焼き芋の歌が聞こえた。夕方になると流れるこの歌を聞くたび、食べてみたいなあってずっと思っていた。そしたら、いつもは何も言わないお母さんが、「買っておいで」って千円札を渡してくれたのだ。僕は急いで清高と家を飛び出した。

紙袋のこの匂いを嗅ぐと、買えてよかったたって嬉しくなる。なんていうか、幸せの匂いって、こういう匂いなんだろうなって思う。

「でも清高、うちのお母さんはいいって言ったけど、清高のとこは、夜ごはんの前に石焼き芋食べても怒られない?」

「うちは全然平気。てかおれ、今おやつ食っても夜ごはん食べれるし」

「清高は給食もいつもおかわりしてるもんね」

「育ち盛りだから」

そのわりに僕と身長変わんないな、って思ったことは秘密にした。僕は石焼き芋を大事に抱えながら、夕方の道を家に向かって歩いていく。

後ろから、キイっと自転車のブレーキの音がした。この断末魔みたいなブレーキ音は、間違いなくお姉ちゃんの自転車の音だ。

振り向くと、やっぱりお姉ちゃんがいた。

「よっ、蒼士と清高くん」

お姉ちゃんは僕らの隣で足を付いた。赤いリボンが可愛い高校のブレザーを着て、自転車のカゴに革の鞄を突っ込んでいる。

「また遊んでるのかきみたち。ほんと仲いいね」

「蒼士の姉ちゃん。学校終わったの？」

「うん。でも今からそのまま塾だから、家には帰らないよ」

高校生になってから、お姉ちゃんはお父さんの言いつけで、地域で一番評判のいい学習塾に通うようになった。二年生までは週に一回だけだったけれど、三年生になってからは三回に増えた。学校が終わってから、夜十時頃まで。大変そうだなって僕は思う。それでもお父さんは、もっと増やせって言っている。大学受験というのはそれくらい懸命に取り組まなければいけないものらしい。

とくにお姉ちゃんは、いわゆる難関大学と呼ばれる大学を志望しているから、なおさら質の高い受験勉強が重要になるとのことだ。

志望先はお父さんが決めた大学だった。お姉ちゃんはそこに入るための勉強をこつこつと真面目に続けている。

続けているのは、本当である。けれど。

「ねえ、それ石焼き芋?」

お姉ちゃんが僕の紙袋を目ざとく見つける。

「そうだよ。さっき買ったんだ。家帰って食べようと思って」

「見せて」

僕は言われたとおりに袋の口を開けて見せた。お姉ちゃんは中を覗き込んで「おっ」と声を上げた。

「三本あるじゃん。よっしゃ、一本もーらいっと」

「あっ」

お姉ちゃんは瞬時に一番大きな芋を選んで手に取った。

「おい! おれらのなのに!」

「あんたらのは一本ずつあるじゃん。食べないとさあ、夜までお腹空くんだよね」

必死に取り返そうとする清高を見下ろしながら、お姉ちゃんは皮ごとがぶりと齧った。はちみつみたいな色の芋とお姉ちゃんの口から、むわっと湯気が溢れた。

「あっつ！　あっつい！　よし、ほら、これでこの芋はわたしのだ。残念だったな！」

「くそー！」

お姉ちゃんは齧りかけの芋を片手に、高笑いを響かせながらペダルを踏んだ。颯爽と去っていくお姉ちゃんの背中を、僕と清高は見送るしかなかった。

「まったく。蒼士の姉ちゃんってまじで大人げねえよな。本当に高校生かよ」

「なんかごめんね」

「蒼士が謝ることじゃないって。それに蒼士の姉ちゃんがあんな感じなの、昔っからだしな」

僕は頷いた。他の高校生は、僕からするとすごく大人に見える。でもお姉ちゃんは中学生の頃から変わっていない。たぶん、小学校のときからも変わっていない。

「でも、うちの母ちゃんが言ってたぜ」

清高が両手を頭の後ろで組んだ。

「蒼士の姉ちゃん、すげえ頭いい高校行ってるし、大学も賢いとこ行くんだろ。その話だけ聞いたらすげえって思うんだけどなあ」

「大学はまだわかんないよ。受かんないと行けないから」

「勉強頑張ってるみたいじゃん。受かるって」

「まあ、そうだといいけど」

前にお父さんとお姉ちゃんが話しているのを聞いたことがある。今のお姉ちゃんの成績を維持すれば、第一志望の大学にはほぼ確実に入れるという。お父さんはお姉ちゃんの模試の結果を見ながら喜んでいた。お姉ちゃんの反応は、よくわからなかったけれど、そのあとも休まず塾に通い続けているし、テストでも上位の成績を取り続けている。

いつだったか「楓みたいになるな」と言ったお父さんが、僕に、お姉ちゃんを見習いなさい、と言うくらい、お姉ちゃんは真面目になった。

けれど僕は、その真面目さが、お姉ちゃんの抱える秘密を隠すためのものだと知っている。

だからこそ、気づいてしまうのだ。一生懸命に勉強して、お父さんの言うとおりにし、期待に応えようとしているお姉ちゃんの姿が、全部嘘だっていうことに。

僕には、お姉ちゃんが本気で大学に行こうとしているようには見えない。そのことを、お父さんにもお母さんにも、お姉ちゃん本人にさえも、話すことは決してできないのだけれど。

◆

「真山くん」

先生に呼ばれた。席を立って教卓まで向かう。

「はい、頑張ったね」

丸つけをし終わった理科のテストを返された。一番上の僕の名前の横には、赤ペンで100の文字と、大きな花丸が書かれていた。

受け取ったとき、心の中で「やった！」と叫んだ。復習したばかりの内容が問題になっていたから自信があったのだ。でも簡単じゃなかったし、みんなも「難しかった」と言っていたから、自信と同じくらい不安もあった。

「おめでとう。今回のテスト、百点取ったのは真山くんひとりだけでした」

先生の言葉に、クラスのみんなが「おお」と声を上げる。自然と湧いた拍手を受けながら自分の席に戻った。なんとも思っていないようなふりをしながらも、本当は、体が宙に浮いているような心地だった。

嬉しくて、家に帰ってすぐにお母さんに報告した。お母さんも喜んでくれて、今日の夜ごはんは僕の好きな豚汁とコロッケになった。

夜ごはんの支度が済んだタイミングでお父さんが仕事から帰ってくる。今日はお姉ちゃんは塾があるから、ごはんは三人だけで食べる日だ。

「蒼士、お父さんにあれ、見せなくていいの？」

みんなで食卓について、いただきますをする前に、お母さんが内緒話をするみたいに言った。

「見せる。ちょっと待ってて」

僕は急いで部屋に行って、百点のテストを持ってきた。まだごはんを食べずに待っていたお父さんに、はい、とテストを見せる。

「今日返ってきたテスト。クラスで百点取ったの、僕だけだった」

お父さんは真剣な顔でテストに目を向けている。浮かれていたはずの僕は、だんだんと緊張し始める。

お父さんが顔を上げた。僕を見て、お父さんは目を細めた。

「頑張ったな蒼士。百点がひとりだけなら、相当難しかったんだろ」

大きな手が僕の頭をわしわしと撫でる。僕の心がまた浮かれ気分に戻る。

「みんなそう言ってた。でも僕、ちゃんと勉強したから」

「ああ、偉いぞ」

お父さんはそう言って、自分の分のコロッケを僕のお皿に置いた。

「頑張ったからな。蒼士、コロッケ好きだろ」

「うん。今日はお母さんがね、僕の好きなごはんにしてくれたんだ」

「あ、そうか。豚汁は楓の好物と思ってたけど、蒼士も好きだったな」

テストを置いて、三人で「いただきます」と手を合わせる。お母さんは料理上手だし、そのうえ今日は僕の好きなものばかりだ。テストでいい点数を取れたのも嬉しくて、いつもよりもごはんが美味しく感じる。

「蒼士も、今のうちからしっかり勉強しておくんだぞ」

お父さんもどこか機嫌がよさそうだ。

「うん。わかってる」

「いい学校に入れるように。お姉ちゃんみたいにな」

僕はちらとお父さんを見た。お父さんは眉間に皺の寄っていない表情で豚汁を啜っていた。

僕はお父さんから貰ったコロッケを頬張りながら「うん」と小さく頷いた。

夜の十時になる前には眠たくなったから、お父さんとお母さんにおやすみの挨拶をして、ベッドに入った。お布団にくるまるとすぐにうとうとし始め、とるんと、意識が体の中から別の世界に落ちていく。

何か夢を見ていた気がする。なんの夢かは覚えていない。その中で僕は小さな物音を聞いた。

はっと目を覚ます。豆電球の部屋の中に、廊下の灯りが入ってきていた。それに照らされ、僕の勉強机を探るお姉ちゃんの姿が見えた。

「……お姉ちゃん」

「あ、起こしちゃった？　すまんな」

振り返ったお姉ちゃんは、両手を合わせてごめんの仕草をした。

「例のアレ取りに来ただけだから、すぐに出てくよ」

「それ……隠し場所変えた。本棚の上から二番目のとこの、本の後ろ」

僕はのそりと体を起こし、勉強机の横の本棚を指さす。

「そうだったの？　どうりでないと思ったわ。お、あったあった」

隠していた探し物を、お姉ちゃんが手に取った。算数の教科書と同じような厚さの、教科書じゃない本だ。それは、今度お姉ちゃんが出演する舞台の台本だった。

高校三年生。ふたたび受験生になった今も、お姉ちゃんは劇団の練習に参加していた。

中三のとき、市民劇団の団長のおばさんに紹介してもらった小さな劇団だ。お父さんたちには内緒にしているから正式な所属ではない。劇団の人たちも親に言えないということを了承していて、そのうえでお姉ちゃんの才能を買い、お金を発生させないことを条件に練習と公演への参加を認めてくれていたのだった。

お姉ちゃんはこの三年間、このことを決してお父さんたちに知られないようにしていた。台本も、万が一見つかることがないようにと、わざわざ自分の部屋ではなく僕の部屋に隠しているくらいだ。

僕が見る限り、少なくともお父さんにはばれていないと思う。お母さんは、どうだろう。お姉ちゃんが隠しごとをしていることには薄々気づいていているような気もするけれど、何も言わないからよくわからない。

お父さんは、お姉ちゃんはとっくに演劇を諦め、興味も失くしたと思っている。でもお姉ちゃんは初めて舞台に立ったあのときからずっと、こっそり演劇を続けている。

「あ、そうだ蒼士。あんた難しいテストで百点取ったんだって？」

部屋を出て行こうとしたお姉ちゃんが振り返った。

布団に潜り直していた僕は、寝返りを打って、目だけ掛布団から覗かせる。

「うん。理科で百点取った」

「さっきお父さんに自慢されたよ。すごいじゃん」

よしよしよし、とお姉ちゃんは犬を撫でるみたいに僕を撫でた。むず痒くて、僕は布団の中に避難する。

「ねえ」

と布団に潜ったまま言った。

「お姉ちゃんは、勉強頑張って、テストで百点取ること、すごいと思う?」

なんとなく、思っただけのことを問いかける。

お姉ちゃんは悩む間もなく答えた。

「そりゃそうだよ。どんなことでも頑張る人は偉いし、結果出す奴はもっとすごいよ」

だからあんたはすごいよ、とお姉ちゃんは言って「おやすみ」と自分の部屋に戻って行った。

僕はほかほかの布団の中で目を瞑った。その夜に見た夢は、なんだかとても暖かい夢だった。

◆

すっかり寒くなってきた十一月の月曜日。朝家を出て、登校班の集合場所になっている公園に着くなり、清高が「なあ！」と大きな声を上げながら、僕のランドセルをぼよんと叩いた。

「おはよ、どうしたの？」

「おはよ！　なあなあ、昨日、蒼士の姉ちゃんの劇あっただろ？」

「ちょっと！」

僕は慌てて人差し指を唇に当てた。家の方向を振り返る。

「声が大きいよ。お父さんとお母さんには内緒にしてるって知ってるでしょ。もしもばれたら、清高、うちのお姉ちゃんに何されるかわかんないよ」

「そうだった、ごめんごめん。おれ、ばらしたら全身にはちみつ塗って、山の中の木に括りつけるって脅されてるんだった」

「何それ怖い」

「でさ、昨日の劇、うちのばあちゃんが観に行ったんだって」

清高は僕に顔を近づけて声を潜める。

昨日が劇団の公演日だったことは知っている。姉ちゃんがここ数日練習していたものので、僕の部屋にある台本をちらっと読んだから、その内容もだいたいわかる。

お姉ちゃんは、劇団の正式メンバーじゃないにもかかわらず、準主役級の役を貰っていた。ヒロインの弟の少年役だ。劇の終盤で死んでしまうけれど、出番の多い華のある役柄だった。

「蒼士の姉ちゃん、今回も相変わらずよかったって。主役の人より蒼士の姉ちゃんのほうがうまいし目立ってたってばあちゃん言ってた」

尖った八重歯を見せながら、清高がにいっと笑う。

「清高のおばあちゃん、いつもお姉ちゃんの公演観に行ってくれてるよね」

「うん。ばあちゃんさ、蒼士の姉ちゃんのファンなんだよ」

「それお姉ちゃんに言ったら、たぶん踊りながら喜ぶよ」

「だな」

僕がお姉ちゃんの舞台を観たのはたったの一度きりだ。小学校一年生のときに、清高とおばあちゃんと三人で観に行ったあの舞台。お姉ちゃんにとって、自分の未来を変えてしまうほどの出来事になった、あの舞台だ。

四年生になった今も、スポットライトの下にいるお姉ちゃんの姿を覚えている。わずか数分の間しかステージには立っていなかった。セリフはたったのみっつしかなかった。

それでもお姉ちゃんが、あの舞台に立った誰よりも眩しかった。

お姉ちゃんには才能がある。お姉ちゃんの夢を応援し認めてくれる人たちと同じことを、僕もあの日から思い続けている。

「ばあちゃんがさ、蒼士の姉ちゃんはこのまま役者の道に進むんじゃないかって言ってるんだ」

班員が集まり学校へ向かう通学路の途中、清高がそう言った。

「賢いからなんにでもなれるだろうけど、演劇の才能は一番、他の誰にもないものだからってさ。蒼士はどう思う？　おまえの姉ちゃん、やっぱ女優目指してるんだろ？」

僕はきゅっと唇を引き結んでから、首を縦に振る。

「うん、たぶんね。でも無理だよ。お父さんが絶対に許さないから」

昔あった、お父さんとお姉ちゃんの大喧嘩を覚えている。演劇を学びたいと言っただけで、お父さんはものすごい剣幕でお姉ちゃんを叱った。そんなのは将来の役に立たないって。演劇で食べていける人なんてほとんどいないって。お姉ちゃんが演劇で成功するなんてことを、お父さんは少しも考えていなかった。

「今だってさ、劇団に入ってることを言ってないくらいなのに」

「蒼士のおじさん厳しいもんなあ」

「うん。だから、女優なんてなれっこないよ。そもそも簡単になれるようなものでもないでしょ」

「でもさ、やってみなきゃわかんないし。もう何年も続けてんだから本気だってわかるだろ。本気でやりたいことなら、さすがに応援してくれるんじゃないの？」

清高が道の端っこの小石を蹴飛ばした。

僕は何も言わず、こっちに飛んできた石を、もっと遠くにぽこんと蹴った。


その日の夜。塾が休みだったお姉ちゃんは、学校が終わるとすぐに家に帰ってきて、自分の部屋に籠った。夜ごはんのときだけ出てきて、お風呂に入るとまたすぐに部屋に戻ってしまった。

公演を終えたばかりだから舞台の練習をしているわけではないだろう。なら真面目に受験勉強をしているのだろうか。だったら邪魔をしないでおこうと、僕もお風呂を出てから自分の部屋で勉強をしていた。

もうすぐ九時を過ぎるところだった。勉強も飽きたし本を読んで寝ようかなと、棚から本を見繕っていると、ノックもなしにお姉ちゃんが部屋に入ってきた。

「よっ、起きてる？　頭疲れたから遊びに来ちゃった」

お姉ちゃんはぽたぽた焼きの袋を手に持っている。また部屋に隠して置いていたらしい。台本は僕の部屋に隠すくせに、お菓子は必ず自分の部屋に隠すのだ。

「あんたも食べる？」

「ううん。いらない。勉強終わって、もうすぐ寝ようとしてたところだから」

「勉強してたの？　あんたほんと真面目だねえ」

「お姉ちゃんも受験勉強してたんじゃないの？」

「いや。勉強っちゃ勉強だけど、受験じゃなくて、昨日の公演の反省してたの」

もうすぐ寝ると言っているのに、お姉ちゃんは出て行く気が一切ないみたいで、部屋の真ん中であぐらをかいた。僕は仕方なくベッドに腰掛ける。

「受験勉強しないとお父さんに怒られるよ」

「いいのいいの。それにあんたと違ってお父さんには怒られ慣れてるし」

個包装の袋の外から砕いて、いい音を立てながらおせんべいを食べ始める。

僕はベッドから足をぷらんぷらんさせた。お姉ちゃんはしばらく出て行きそうにないけれど、僕もまだ、そんなに眠たいわけじゃない。

「清高のおばあちゃんが、昨日お姉ちゃんを観に行ってたらしいよ」

今日の朝聞いた話を教えてあげると、お姉ちゃんは「マジ？」とぽたぽた焼きの粉を噴き出した。

「声かけてくれたらよかったのに」

「お姉ちゃんのファンなんだって」

「うっそ。サインなら年中無休二十四時間受け付けてるよって言っといて」

両腕を掲げ、昆布みたいにうねうねと体をくねらせたダンスを始めるお姉ちゃん。

僕は、少し悩んでから、意を決して訊ねた。

「お姉ちゃんさ、これからどうしようと思ってるの？」

昆布ダンスをやめたお姉ちゃんがきょとんとした顔を僕に向ける。

「ぽたぽた焼き食って、歯磨いて寝るけど」

「そうじゃなくて、演劇のこと、どうするのかなって思って。お姉ちゃん、前に『舞台役者になる』って僕に言ったでしょ。あれ、今はどう考えてるの？」

「ああ」

とお姉ちゃんは相槌を打って、迷うことなく答える。

「なるよ。舞台役者」

お姉ちゃんがにいっと笑った。昔から時々見せる、怖いものなんて何もないみたいな笑い方だ。

「大学は、行かないの？」

「行くつもりだったよ。一応ね。お父さんの言うこと聞いてやるのは癪《しゃく》だけど、大学行きながらでも舞台には立てるし、大学で学ぶことだってなんでも演技に生かせるからさ。進学することを自分にとってプラスにしようってわりと前向きに考えてた」

　でも、とお姉ちゃんは続ける。

「まだ誰にも話してないけど、わたし、高校卒業したら、進学せずに東京に行って、向こうの劇団に入ろうと思ってるんだ」

「東京の？」

「うん」

　お姉ちゃんは少しだけ下を向いた。肩より少し長いくらいの髪の毛が、耳から落ちて顔の横にかかっていた。ずっとショートカットだったお姉ちゃんの髪は、最近美容院に行く暇がないから、ちょっと伸びてしまっている。

「今お世話になってる団長に、紹介されたところがあるの。団長が昔所属してたところなんだって。老舗の劇団で、テレビとかでも活躍してる有名な役者さんもそこ出身の人が何人もいる」

「だったら、入るの難しいんじゃないの？」

「うん。誰でも入れるわけじゃないよ。でも入りたいなら団長が推薦してくれるって。わたしに合ってる、わたしなら絶対そこでやっていけるって言ってくれた。これってさ、チャンスだと思うんだよね。わたしもそこに入りたい。わたし、その劇団に入って、一流の人たちと本格的に役者をやる」

お姉ちゃんが顔を上げた。はっきりした二重の目は少しも揺れていなかった。

――もっと、演劇をやりたい。

昔、僕にそう言ったときと同じ顔をしていた。

たぶん、もう決めたことなんだろう。誰になんと言われても、何があっても、お姉ちゃんの意思は変わらない。

「お父さんたち、なんて言うかな」

僕がそう言うと、そのときだけお姉ちゃんは眉毛の端を下げた。

「お父さんたちには言わないよ。どうせ許してもらえないことはわかってるから」

「何も言わないで東京行くの？」

「高校さえ卒業しちゃえばもう大人みたいなもんだし。親の許しがなくても自分の意志で生きていける。お父さんの許可なんて必要ないよ。だから、言わない」

お姉ちゃんはぽたぽた焼きの袋に手を伸ばす。ばりっとひと口サイズに割って、ざりざりと食べ始める。

「……僕も、お父さんがいいって言うはずないって思うよ」

「うん」

「でもさ、言ったほうがいいと思う」

唇の粉を舐めながら、お姉ちゃんが僕を見た。僕はきゅっと肩を縮めて目線を少し逸らす。

「駄目って思っても、やっぱり、言ってみたほうがいいんじゃないかな。もしかしたら、お姉ちゃんが本気だってわかったら、お父さん、いいって言うかもしれないし」

――本気でやりたいことなら、さすがに応援してくれるんじゃないの？

清高が言っていたことを、僕は肯定しなかった。今までのお父さんを見ていたら、とてもお姉ちゃんの夢を応援するとは思えなかったから。けれど同時に、もしかしたら、とも思った。お姉ちゃんがどれだけ舞台役者に憧れて、この三年間どれだけ努力して、どれだけの人に認められてきたかを知れば、もしかしたらお父さんも、お姉ちゃんを応援してくれるようになるんじゃないかって。

「……」

お姉ちゃんはしばらく黙って、考え込むように視線を落とした。あぐらの上に置いた手のひらを見ている。お姉ちゃんの手は、指が細長くて大きい。舞台の上では、その指の先まで、別人になれる人だ。

「わかった」

お姉ちゃんが頷いた。

「蒼士の言うとおりかもしれない。話してみないで駄目だって決めつけるのは、お父さんのやってることと一緒だよ。わたし、自分のしたいこと、ちゃんと言ってみる」

立ち上がり、お姉ちゃんは部屋のドアを開けた。

「あ、え、今から？」

「うん。先延ばししたって意味ないし」

そう言って僕の部屋を出て行くお姉ちゃんを、僕は十秒迷ってから追いかけた。一階へ下りていくと居間の電気が点いている。お父さんとお母さんが揃っていて、一緒に下りてきた僕たちを不思議そうな顔で見ている。

「ふたりとも、どうしたの？」

お父さんのシャツのボタンを縫っていたお母さんが、針山に縫い針を刺した。

「わたしから、お父さんとお母さんに話があって」

お姉ちゃんが、食卓を挟んで、お父さんの向かいに座る。僕もそろりとお母さんの隣に正座した。

「なんだ？　受験の話か？」

お父さんは読んでいた雑誌を置いて座り直した。お姉ちゃんが首を縦に振った。

「受験の話でもあるかな。わたし、大学行かないことに決めたから」

さらりと吐かれた言葉に、お父さんは口をぽかんと開けた。

返事を聞くことなくお姉ちゃんは続ける。

「まずひとつ、謝らなきゃいけないことがある。わたし、ずっと小さな劇団で演劇の勉強をさせてもらってたんだ。公演にも何回も出させてもらってた。それを内緒にしてたのを謝る。で、その劇団の団長が、東京に拠点がある有名な劇団を紹介してくれたの。高校を出たら、そこに入って本格的に演劇の道に進もうと思ってる」

さっき僕に教えてくれたことをお姉ちゃんはひと息にお父さんたちに伝えた。僕に対しては自信満々に話していたけれど、今のお姉ちゃんは少し緊張しているように見えた。

僕も、ずっと、心臓がどきどきしていた。膝の上に置いた手は、冬なのに、びっしょり汗を掻いていた。

「わたし、舞台役者になる。その目標を一番近い道で叶えるために大学には行かない。高校を卒業したら、家を出て、東京に行く」

お姉ちゃんは、お父さんの目を見ながらはっきりと告げた。

心臓の音がする。

お父さんは、肩を大きく上下させて何度か呼吸をした。

そして。

「何を言ってる」

低い声で、そう言った。

「駄目に、決まっているだろ。何が舞台役者だ。ふざけるのも大概にしろ」

お父さんの表情は、いつもと違って怒っていなかった。なんにも感情がないみたいな顔だった。それがむしろ、いつもよりもずっと怖く感じた。僕は、今にも逃げてしまいたくなった。

「黙ってずっと劇団に通っていただって？　親に言わずにそんな勝手なことをしていいと思っていたのか？　おまえは、自分の言動に責任も取れないくせに……どうしていつも自分勝手なことばかりするんだ！」

ダンッ、とお父さんが食卓を叩いた。置いてあったコップからお茶が零れた。

「だって」

お姉ちゃんが震えた声で言い返す。

「言ったら、絶対反対するじゃん。言えるはずないよ。わたしのせいにしないで。お父さんが、言わせないようにしてたんでしょ！」

「おまえは相変わらず何もわかってないんだな」

溜め息を吐いて、お父さんは頭を振った。

「どうして父さんが反対するかをまず考えるんだ。いいか、おまえのやろうとしていることがな、おまえの将来を壊すかもしれないからだ。何が舞台役者だ、演劇だ。そんなもので食っていけるわけがないだろ。高校生にもなって幼稚な夢を見るんじゃない」

「でもわたし、才能あるって。劇団の人たちもお客さんも、みんな認めてくれてる。絶対にうまくやれるよ。自信があるの。実績はちゃんと積んだよ」

「子どもが少しちやほやされたくらいで本気になるな。そんな言葉に惑わされて駄目になる馬鹿がこの世にどれだけいると思ってる」

「だから、やってみなきゃわかんないって前にも言ったじゃん。お願い、挑戦くらいさせてよ」

「失敗したらどうするつもりだ」

「一回の失敗くらいどうってことない」

「その一回の失敗で、おまえが今まで積み重ねてきたものがどれだけ無駄になると思ってる！」

父さんの怒鳴り声が家中に轟いた。僕はいつの間にか、お母さんにきつくしがみついていた。

声も出せないほど怖く、体中が震えていた。泣きそうだった。

お姉ちゃんは、もっと泣きたいはずだろう。何も怖いものなんてないみたいに僕に目標を教えてくれたお姉ちゃんは、今、大きな目に溜まった涙を必死に落とさないようにしながら、唇を引き結んでお父さんを見つめている。

「おまえは、せっかくいい高校に入って、優秀な大学にも入れそうなのに。どうしてそうおかしな道に行こうとする？　父さんの言うとおりに曲がらず進めば、その先も不要な苦労をせずに生きていけるはずなんだ。今の社会でそういう人生を歩むのがどれだけ大変かわかっているのか」

「……わかってるよ。学校の友達は、医学部目指してたり、資格取ろうとしたりして頑張ってる。みんなのこと、立派だって思ってるよ」

「ならおまえもみんなと同じようにしなさい。ひとりだけ落ちこぼれたら目も当てられないぞ」

「違う。みんなが立派なのは、自分でそういう道を選んでいるからなんだよ。お父さんに言われるまま自分の気持ち押し殺したって、そんな未来、それこそわたしの今までが全部無駄になるだけじゃん！」

「今そう思っているだけだ。おまえだっていつかはわかる。父さんはな、おまえが不幸にならないようにしているんだ。全部おまえのためなんだ」

楓、と、お父さんは声を張り上げてお姉ちゃんの名前を呼んだ。

僕は、お母さんをちらりと見上げた。助けてほしかった。この場をどうにかして、お父さんとお姉ちゃんの喧嘩を止めてほしかった。

でもお母さんは何も言わない。静かな表情で、ふたりをただ見ているだけ。

「……そんなの、わたしは一度だって望んでない」

お姉ちゃんが俯く。膝の上に置いた手をぎゅうっと握っている。

「全部お父さんのしたいことじゃん。わたしはそんな人生送りたいわけじゃない。もしも一生お金に困らないような生活ができたとしても、それがわたしにとっての幸せな生き方だなんて言えない。誰かに決められた人生なんて、意味がない」

お姉ちゃんは顔を上げないまま立ち上がった。くるりと僕らに背を向ける。

「やっぱりお父さんになんて、言わなきゃよかった」

最後にぽつりと呟いた。そのままお姉ちゃんは、家を出て行ってしまった。

「楓!」

さすがにお母さんが追いかけようとする。それをお父さんが止めた。

「放っておけ」

「でも」

「いいから。頭を冷やして、ひとりで反省させたほうがいい」

「楓に何かあったらどうするの」

「知らん。あれだけ自分のしたいことをすると言っていたんだ。何があろうと、あいつの責任だ」

お母さんは何かを言おうとしたけれど、言わずに口を閉じ、座り直した。

僕は、何も言わなかったし、何もできなかった。怖くて、何がかはわからないけれど、すごく悲しくて、自分の部屋に戻って布団の中でたくさん泣いた。

お姉ちゃんは、次の日の朝早くに帰ってきた。璃子ちゃんと、璃子ちゃんのお母さんと一緒だった。

「娘がご迷惑をおかけして、大変申し訳ございませんでした」

あのあとお姉ちゃんは璃子ちゃんの家に行き泊めてもらったらしい。夜中のうちに、璃子ちゃんの家からお母さんへ連絡があったようだ。お父さんとお母さんは、璃子ちゃんのお母さんに何度も謝っていた。

「いいえ、それは構いません。ただ、楓ちゃんから、話を聞きまして」

璃子ちゃんのお母さんがそう言うと、璃子ちゃんがずっと前に出て、お父さんと向かい合った。

「あの、おじさん。楓の話、もっとちゃんと聞いてあげてくれませんか」

僕は「楓のお父さんってちょっと怖いよね」と璃子ちゃんが言ったことがあるのを知っている。でも今の璃子ちゃんは、お父さんの前でも少しも物怖《ものお》じしていない。

「楓は、本当に演劇の才能があるんです。すごい子なんです。おじさんたちも、楓の舞台を一回でも観たら、絶対にわかると思うから」

だからお願いしますと、璃子ちゃんは頭を下げた。璃子ちゃんのお母さんが、その背中をそっと撫でていた。

「わたしも娘と一緒に楓ちゃんの立つ舞台を観たことがあります。本当に、胸に響く、観客の心をひと声で摑むような演技をする子です。無責任なことを言うようではありますが、真剣にその道を志すことは、楓ちゃんなら決して無謀な夢ではないはずです」

友達と、そのお母さんが、お姉ちゃんのために必死に語ってくれていた。

それでもお父さんは、聞く耳を持とうとしなかった。

「娘を慕ってくれるのはありがたい。でも、うちの問題です」

家に入っていくお父さんを見て、璃子ちゃんが泣いた。お姉ちゃんは、泣きそうに見えたけれど、涙を浮かべてはいなかった。

「璃子、おばさん。ありがとう。もういいよ」

お姉ちゃんは小さく笑っていた。その声も、表情も、璃子ちゃんたちを見送る姿も、まるでもう全部を諦めたみたいだった。


お姉ちゃんはその日学校を休んだらしい。僕が下校して家に帰ると、お姉ちゃんのローファーが玄関に転がったままだった。僕は足音を立てないようにして二階に上がる。お姉ちゃんの部屋のドアが閉まっている。

自分の部屋にランドセルを置き、勉強机の前で突っ立ったまま、五分考えた。考えたあとで、ふんっとお腹に力を入れ、部屋を出た。僕はそっと、隣の部屋のドアを叩く。

「はーい」

と、案外のんきな声が聞こえた。恐る恐るドアを開ける。

「あの、お姉ちゃん」

部屋を覗くと、お姉ちゃんはベッドの上で寝そべりながら漫画を読んでいた。

「お、蒼士おかえり。もうそんな時間か」

「あ、えっと。学校休んだの？」

「昨日あんま寝てなくて眠かったからさ。明日からはちゃんと行くよ。皆勤賞狙ってたのにさあ、これでパアだよ。最悪」

姉ちゃんはガハハと汚く笑い、体を起こした。僕はそろりと部屋の中に入って、ふかふかのカーペットの上で体操座りをする。

「お姉ちゃん、昨日、ごめんなさい」

「ん？」

「僕が、お父さんたちに言ったほうがいいって言っちゃったから。そしたら、あんなことになって」

僕がお姉ちゃんに何も言わなかったら、あんなふうにふたりが怒鳴り合うことも、お姉ちゃんが家出することもなかったのに。

「ああ、そんなのあんたが気にすることじゃないよ。言うって決めたのはわたしなんだから。むしろビビらせてごめんね。おしっこちびらなかった？」

「ちびってない！」

むうっと唇を尖らせると、お姉ちゃんはまた笑った。僕は膝に顔をうずめる。

なんだよ、お姉ちゃん、いつもどおりじゃん。もっと落ち込んでいると思っていたのに、心配しすぎなければよかった。今日一日……ううん、昨日の夜から、僕はずっと心が沈んでいたのに。

「ねえ蒼士」

笑い終えたお姉ちゃんが呼ぶ。

「あんたも、わたしが間違ってると思う？」

僕はのそりと顔を上げた。お姉ちゃんは、柔らかい表情で僕を見ていた。

「……僕には、わかんない。お父さんは、お父さんの言うとおりにしたほうが将来のためって言ってた」

「そうだね」

「僕は、お姉ちゃんと違って、お父さんに怒られるのが怖いし、褒められたら嬉しい。だから、お父さんの言うとおりにしたほうがいいって、思う」

「うん」

「でも、だからって、お姉ちゃんが間違ってるかはわかんない」

何が正しいかは、僕にはわからない。

お姉ちゃんは頷いた。

「わかんなくて当然だよね。別に、どっちが正しいとか、間違ってるとかないんだよ。お父さんはお父さんの決めたやり方をしてるだけ。でもそれはお父さんの生き方であって、わたしのとは違う。わたしは、わたしの決めた道を行く。それが一番だと思う」

僕は朝のお姉ちゃんの様子を見て、今度こそ諦めたのだと思っていた。

けれど僕のお姉ちゃんが、自分のしたいことを諦めるはずもなかった。

むしろ、お姉ちゃんは一層覚悟を決めたみたいだった。もう誰の言葉も許しも必要ない。自分の気持ちだけがあればいいと、お姉ちゃんの目が、そう言っているように思えた。


お姉ちゃんとお父さんは、顔を合わせるなり言い合いを続けていた。家の中の雰囲気はどんどん悪くなり、僕は居間にいる時間が減っていった。

お姉ちゃんは結局、どこの大学にも願書を出さなかった。それを知ったお父さんは前みたいに激しく怒ったけれど、お姉ちゃんは適当に聞き流すばかりだった。

「わたし、東京に行くから。舞台役者になる」

お父さんが何をどれだけ言っても、お姉ちゃんはそう答え続けた。

お姉ちゃんは、お父さんやお母さんと、なるべく顔を合わせないようにしていた。僕ともあんまり喋らなくなった。家の中のそこら中、常に棘が生えているみたいな、嫌な空気で満ちていた。

目に見えて家族がバラバラになっていく様子が、僕の心を重く、鈍くする。家に帰ってきてから笑うことがなくなったと、いつかのタイミングで気づいてしまった。

「ならもうどこへでも行け。その代わり、二度とうちに戻ってくるんじゃない」

お姉ちゃんが高校を卒業する直前、とうとう、お父さんがそう言った。お姉ちゃんは傷ついた素振りも見せなかった。

「言われなくてもそうする」

卒業式の前日、お姉ちゃんは伸びていた髪を、首筋がすっきり見えるショートカットにばっさり切った。そして卒業式を終えると、そのまま、本当に家を出て行き、帰ってくることはなかった。

お姉ちゃんが、いなくなった。家族が本当にバラバラになってしまった。

どうしたら、こうならずに済んだのだろう。お姉ちゃんがお父さんの言うことを聞いていれば、こうはならなかったのだろうか。それとも。

「蒼士。おまえはああなるんじゃないぞ」

お父さんが僕を見ずにそう言った。

僕は、小さな小さな声で「うん」と答えた。

十七歳　十一月

「あっ、おれもう駄目。泣いちゃいそう」

先月末にあった中間テストの順位表を見ながら、清高が綺麗に項垂れた。個々の答案自体はとっくに返ってきているから結果はわかっていただろうに、順位という新たな現実を突きつけられてすっかり落ち込んでいるようだ。

いや、順位自体は、一学期の期末テストより上がってはいるのだ。いい順位、とは言えないまでも、三十位近く上げたのは正直すごいと僕は思っている。しかし清高本人としては思った結果ではなかったようだ。もう少し上の順位を……僕と同じくらいの結果を狙っていたらしい。

「結構手ごたえあったのになあ。やっぱり付け焼刃じゃ駄目か」

清高は梅雨かと思うくらい湿った顔を上げた。ポジティブ思考の清高がこんなふうに落ち込むのは珍しい。

「十分すごいよ。あんなにサボり魔だった清高が、テスト週間はちゃんと勉強してさ。それで結果も残してるんだから。泣くことなんてないし、むしろ自分を褒めてやるべきことだろ」

「そうかなあ。でも蒼士の順位には全然追いつけなかった」

「僕はこつこつ勉強してきてこの順位なの。そこにあっという間に並ばれたら僕のほうが落ち込むよ」

「そうか……そうだよな。目標ってのは少しずつ近づいていくもんだもんな！」

心配して損したとはこのことか、清高は一瞬で梅雨を晴らし、いつもの朗らかな表情に戻った。順位表は小さく折ってズボンのポケットに入れている。たぶんそのまま存在を忘れて洗濯するんだろうなと僕は予想する。

「てか清高、今回のテスト、なんで珍しく頑張ったの？　先生に進路希望の駄目出し食らったこと、別に気にしてなかったじゃん」

僕は自分の順位の書かれた長方形の紙を細かい蛇腹《じゃばら》折りにした。細長くなったそれをぽいと筆箱に入れる。

「それは全然気にしてないけど、ほら、前に、おれが頑張れば蒼士と同じ大学に行けるかもみたいな話したじゃん」

「うん。あれ本気だったの？」

「まだ本気じゃないっていうか、決めてるわけじゃないけどさ、どうせ決めらんないんだったら今はそれをひとつの目標にしてみようかなって思ったんだよね。だから、蒼士と同じ順位を狙ってみたってわけ」

ふうんと僕は言った。

「蒼士は、前回とそんなに順位変わんないんだろ」

「うん」

「思ったとおりの結果？」

「そうだね。成績をキープするのが第一だし、点数もそれなりに取れてるから」

「すげえなあ。蒼士こそいっつも結果出せてて偉いよ」

清高は素直に僕を褒めてくれた。僕は、口元だけ笑って返した。

いつもなら、これで十分だったのだ。上がらずとも下がらず、父さんの期待を裏切らない程度の成績を取れて、自分なりに満足いく結果となったはずだった。

けれど、今回はどうにも喜べない。自分の想定した結果を取りはしたのに、どこか、むなしさを感じている。

僕はなんのために勉強しているのだろうか。なんのためにいい成績を取って、なんのために大学に入ろうとしているのだろう。これまでの僕にとってはそれだけが確かなことだったのに、今になって、わからなくなってしまった。

すでに引かれた道を、真っ直ぐ逸れずに進んだところで、自分で選んだわけでも望んだわけでもない。平凡でどこにでもある未来しか待っていない。そんなこと、初めから知っていたはずなのに。

姉ちゃんは、今月からパートに出かけるようになった。家の近所にあるお弁当屋さんだ。朝の十時からから十五時まで。麦が保育園に入ったら、もっと長時間働こうと考えているようだ。

昼間仕事をしながら、家のこともするようになった。麦と外へ遊びに行く時間も増えた。母さんも、姉ちゃんのすることを応援するように、積極的に麦の世話を引き受けている。

家の空気が変わっていく。

こんなにも柔らかい空気が流れている家を、僕は知らなかった。僕にとってのこの家は、父さんたちの怒鳴り声が響く刺々しい雰囲気の場所か、もしくは家族がバラバラになったあとの、しんと静かな場所だったから。

生き生きとした母さんと姉ちゃんに、麦。ひだまりみたいに温かな家の中で、家族は少しずつ綻びを直していく。

僕だけが、変われないまま。いつまでも取り残され続けている。

僕は、姉ちゃんにも麦にも、あまりかかわらないようになった。自分でもはっきりとその理由を言えるわけではない。ただ妙に息苦しくて、なんとなく、一緒にいたくなかった。

それでも家にいると問答無用で麦が近づいてくる。だから家にいる時間をなるべく減らした。放課後は清高の家にお邪魔するか、勉強を口実に遅くまでファミレスで過ごし、土日も朝から夕方まで図書館に通った。

当然麦は怒ったけれど、僕は、麦の「早く帰ってきて」も「一緒にごはんたべよう」も聞かなかった。

家にいる間も、なるべくみんなと顔を合わせないように、自分の部屋に籠って勉強をした。勉強といっても適当に参考書とノートを開いているだけでほとんど頭に入っていない。勉強をする意味がわからなくなっていた。元々向上心が高いわけではないけれど、父さんに言われたとおりの生き方ができるだけの能力はキープしようと努力していた。今は、その意欲すらなくなりかけている。自分がなんのために頑張っているのか、どこに向かおうとしているのか、すっかり見失ってしまったのだと思う。

麦は、僕に構ってほしそうだった。僕が部屋にいると勝手に入ってくることも度々あった。でも無視を続けていたら、そのうち来ることはなくなった。

僕は麦と遊ばなくなり、姉ちゃんどころか母さんとの会話も減った。僕がひとりになるほどに、姉ちゃんと麦はこの家に馴染んでいく。まるでずっと前からここで家族一緒に暮らしていたかのように、当たり前の日常を笑い合って過ごしている。

ああ、なんでこんなにも、毎日苛々《いらいら》するのだろう。

姉ちゃんたちが来てからだ。それまで僕は六年半、なんの迷いもなく、代わり映えもなく、淡々と日々を過ごして来られたのに。姉ちゃんが戻ってきて、僕のまわりが変化した。

そんな変化……僕は望んでいなかったのに。

僕は、これでいいのだと信じて、姉ちゃんがいなくなってからを過ごしてきたのに。もう、それでよかったのに。

どうして今さら戻ってきて、また僕のことを振り回して、掻き乱すんだろう。

僕の苛立ちも、理由の摑めない焦りも全部、姉ちゃんと麦がこの家にやって来たせいだ。全部、何もかも全部、最初から、姉ちゃんのせいなんだ。

◆

学校がない土曜日は、他に予定がなければ、開館の午前九時に合わせて図書館に行くようにしていた。今日も家族と時間をずらしてひとりで朝食をとり、身支度を済ませるとトートバッグに勉強道具を詰め、母さんにだけ「図書館に行ってくる」と伝えて家を出た。

いつの間にか、マフラーをしなければ外を出歩くのが辛い季節になっている。僕はひとつしか持っていないグレーのマフラーを鼻の下まで持ち上げながら、自転車をゆっくり走らせて市民図書館に向かう。

開館と同時に入ったから、お気に入りの席に座れた。三階の学習室、窓際のカウンター席。なんの勉強をしようか考え、苦手な英語を進めることにした。イヤホンをして周囲の音を遮断してから、ノートと教科書を開く。

黙々とノートの空白を埋めていた。正直なところ、内容が身についているとは言えなかった。目と手を動かしているだけのただの作業だ。時間が潰れればいいだけだからなんの問題もない。わからない文法も英訳も、調べるのも面倒で、適当にがさがさと罫線に沿って字を書いていく。

久しぶりにシャーペンを置いたとき、時間は十二時になろうとする頃だった。集中が途切れると急にお腹が空いてくる。ぐう、と腹の虫が鳴って、隣の人に聞こえなかったかと恥ずかしくなり、僕は勉強道具を畳んで図書館をあとにした。

コンビニでサンドイッチを買い、すぐそばの公園に向かう。公園では小学生の集団や親子連れが遊んでいた。寒いのにみんな元気だなあ、なんて考えながら、僕はグラウンドの隅っこのベンチで、もそもそとサンドイッチを食べていた。

「あれ、蒼士じゃん」

声がして振り返る。清高が一番下の弟と手を繋いで歩いてきた。

「清高」

「何してんの？　ひとり？」

「うん。ひとり」

「なんだ。麦ちゃんいたら弟と遊んでもらえたのに」

残念だなあ、と清高は弟に笑いかけ「で、ひとりで何してんの？」と僕に問う。

「図書館に勉強しに行ってたんだ。お腹空いたから、腹ごしらえ中」

「テスト前でもないのにわざわざ図書館で勉強？　暇なの？」

「そうなんだよ。暇なんだよ」

「まあ、おれも暇なんだけど」

ちょうど食べ終わったから、清高たちに付いて砂場に向かった。四角い砂場にはひとりだけ先客がいたため、清高の弟はその子と対角の位置に陣取り、小さなバケツとスコップを使って砂をしょりしょり掘り始めた。僕と清高は縁石に座り、ちびっこの砂遊びを見守っている。

「清高、暇してたから弟の子守り任されたの？」

拾った木の枝を砂に突き刺した。清高の弟が欲しがったからすぐにあげた。

「違う違う。おれがこいつ連れ出したの」

「なんで？　寒いのに」

「それがさあ、父ちゃんと妹がどうでもいいことで大喧嘩始めちゃって。もうやかましくて仕方なくてさ。どっちもおれに同意求めてくるし、もうめんどくさくて、チビを遊びに行かせること口実に逃げてきたんだよ」

清高は疲れ切った顔で背中を丸める。

「清高んちも喧嘩することあるんだ」

「えっ、当たり前だろ。てか親子喧嘩も兄弟喧嘩も夫婦喧嘩もほぼ毎日よ」

「清高んちって仲いいイメージだったから」

「いやいや、蒼士がうちにいるときも結構口喧嘩してるだろ？　仲はわりといいと思うけどさ、それはそれ。喧嘩なんて日常茶飯事だって」

確かに清高の家に遊びに行くたび、誰かしらがどこかでやいのやいの騒いでいた。でも僕にとってそれは仲良し家族のじゃれ合いであって、喧嘩だなんて認識ではなかった。

「腹が減って飯食えば、喧嘩してたことも忘れるだろ。その頃見計らって帰るよ」

清高が笑う。

そうか、と僕は思う。仲のいい家族の形とは、本来そういうものなのか。なんでも言い合えて理解し合える仲だからこそ、些細な喧嘩を繰り返し、あっという間に仲直りする。

思い返せば僕は、父さんとも母さんとも、姉ちゃんとも、まともに喧嘩なんてしたことがない。いつも言いたいことを言えずに呑み込み、相手の言うことを聞いてしまうから、口喧嘩なんてものに発展したことがなかった。

言い合いをしないこと。それがいい家族だと思っていたけれど。勘違いだったのかもしれない。僕は最初から、上手な家族の形を、築けていなかったのかもしれない。

上手な家族、って、なんだろう。

「蒼士、このあとどうすんの？」

歪な泥団子を作り上げた清高が、公園の時計を見上げながら言った。ぼうっとしていたら、あっという間に午後一時になろうとしていた。清高はそろそろ帰るつもりのようだ。

「図書館に戻ろうと思ってたけど、やる気なくなっちゃったな。どうしよ」

「家帰ればいいじゃん」

「最近家にいたくないんだよね。なんか、僕の居場所がなくなった気がして」

「わ、蒼士がナイーブになってる。まあ、環境が変わったんだから、そういう気持ちにもなるよな」

清高がしみじみ頷いた。僕はふうっと息を吐いて、下唇を突き出した。

「でもさ、わかってんだよ。僕が我慢しなくちゃいけないって。父さんと姉ちゃんも和解し始めてるし、母さんとも仲いいしさ。今うちの雰囲気すごいよくなってて、それなのになんか僕だけ苛ついてて。こんなの、僕のほうがおかしいに決まってるだろ」

つい愚痴を吐いてしまう。清高にはなんのことかさっぱりわからないだろう。僕自身も、自分が何を言っているのか、どうしたいのか、いまいち整理できない。

「よくわかんねえけどさあ」

と、やっぱり理解していないことを清高は前置きする。

「言えばいいじゃん。言いたいこと。理不尽なことでもただの我儘でもいいから」

知らず項垂れていた顔を上げた。清高は不思議そうな顔で僕を見ていた。

「だっておまえ、弟じゃん」

至極当然とでも言うように、清高は迷いなく答える。

「弟、だけど」

「だろ？　おれは一番兄ちゃんだから、なかなか我儘言えないけどさ、上の兄弟に我儘言うのは、下の兄弟の特権だぜ」

　僕は思わずぽかんとしてしまった。だが清高は、間違いなど一切言っていないかのようにうんうんと頷いている。

「そういうもん？」

「疑うのか？　おれはプロの兄ちゃんだぞ」

「プロの兄ちゃんってなんだよ」

「伊達に五人の妹弟相手にしてないっての。蒼士もさ、言いたいことあるなら言ってみればいいって。蒼士の姉ちゃんって絶対蒼士のこと嫌いじゃねえんだから、おまえの言うこと理解してくれると思うよ」

　清高が泥だらけの手で僕の肩を叩こうとしたからさっと避けた。そのまま立ち上がり、お尻の砂をはたく。

「あら、もう行くの？」

「うん」

「じゃ、月曜日学校でな」

「うん」

「あおしくん、ばいばい」

清高の弟が、清高よりも泥だらけの手を僕に向けた。あどけない笑顔と小さな手のひらが麦のものと重なる。最近、麦とも全然向き合っていないなと、思う。

「バイバイ」

ふたりに手を振って、公園の入り口に停めていた自転車に跨った。随分寄り道をして、時間をかけて家に帰った。


母さんと姉ちゃん、麦が居間に揃っていた。三人で洗濯物を畳んでいるところだった。

「……ただいま」

遅めの反抗期中も欠かしていない挨拶をすると、母さんが振り向いて「おかえり」と言う。続いて麦も、

「あおしくん、おかえり！　おべんきょーおわったの？」

と大きな声を上げた。最近一層冷たくしている僕にも、麦は変わらず笑顔を向けていた。

「おかえり」

姉ちゃんが言う。僕は、そのまま二階に上がった。やっぱり、姉ちゃんたちを見ているとどんどん自分が嫌な奴になっていく。その理由を言葉にもできない。顔を見ないのが、一番いいと思ってしまう。

自分の部屋に入ってドアを閉め、それにもたれかかりながら肩の力を抜いた。部屋の隅に、モルモットのぬいぐるみが転がっていた。しばらくは一緒に寝ていたはずなのに、いつからそこに放置しているのか思い出せない。

「……ごめんな」

モルちゃんを拾い上げて、一回ぎゅっと抱き締めてからベッドに置いた。勉強机に座り、トートバッグの中身を全部取り出して、図書館でやっていた勉強を続きから再開した。

図書館にいたときよりも内容が頭に入らなくなっていた。それでもマグロが泳ぎ続けるみたいに、ノートに無意味な英文を書き続けた。

トントンと、ノックする音が聞こえ、手を止める。

ノックをするなら麦ではないはずだ。母さんだろうか。そう思いながら「何？」と声をかけると、開いたドアの向こうから姉ちゃんが顔を出した。

「お母さんがおやつ用意してくれたけど、食べる？」

姉ちゃんが持ったお盆には、ココアの匂いのするカップとバウムクーヘンが載っている。

「うん……食べる」

答えると、姉ちゃんが部屋に入ってきた。姉ちゃんは勉強机にお盆を置き、ついでに昔みたいに、自分の尻も乗せて座った。

「あんた、最近ずっと勉強してるけど、あんまり根詰めすぎないようにね」

姉ちゃんがノートを覗き込む。僕はなんとなく腕でノートを隠した。

「大丈夫だよ。そんなに真剣にやってないし」

「ならいいけど。勉強ってやりすぎてもよくないから」

姉ちゃんを見上げた。澄ました顔と目が合った。

「それ経験談？」

「そうだよ。あんたも知ってるでしょ。わたしの高校受験のとき」

「姉ちゃん、勉強してるふりしてさぼってた」

「そういうのが大事なんだって」

僕はふいと顔を逸らし、ノートと教科書を閉じた。添えてあったつまようじを挿してバウムクーヘンをひと切れ齧る。

姉ちゃんは、なぜか出て行こうとしない。腕でそっと尻を押す僕のささやかな抵抗も効かず、勉強机にのしりと座り込んだままだ。

「行きたい大学でもあるの？」

姉ちゃんが訊いた。

「別に」

「目標があるから勉強頑張ってるんじゃないの？」

「そういうわけじゃないよ。単に、やることないからやってるだけ」

「ふうん」

姉ちゃんが含んだように呟く。僕は、もうひと切れバウムクーヘンを頬張る。甘さを少しも感じなかった。よく買うお店のものだから、美味しくないはずないのだが。今日は、駄目だ。どうしてか喉の通りも悪い。

「勉強もいいけど。あんた全然楽しくなさそう」

僕は返事をしなかった。つまようじを皿に置いてココアを飲む。ココアの甘さもわからない。

「やることないならやりたいこと見つけたらいいのに。なんでもいいからさ」

「……」

「お父さんだって、あんたにはもう何も強制しないよ。あんたの好きなことをしろって言うはず。だからね」

姉ちゃんの声は淡々としている。父さんと怒鳴り合っている印象が強いけれど、昔から姉ちゃんは、僕と話すときは、こんなふうに静かに話すことを思い出した。

「好きなことしたらいいんだよ。蒼士。あんたの自由にさ」

姉ちゃんは、そう言った。

ちりちりと。心臓に、細い細い針がゆっくりと刺さっていくようだ。

ほんの少しだけ震える手で、コップをお盆に戻した。鼻から息を吸って、肩いっぱいに溜めてから吐き出した。

自由に、なんて。

――蒼士もさ、言いたいことあるなら言ってみればいいって。

言いたいことなら、ある。今の姉ちゃんの言葉に返事をする前に、姉ちゃんに言いたいことが、いっぱいある。

言い返して、怒鳴ってやりたいことがあった。ずっとあった。姉ちゃんが帰ってきてからだけじゃない。いなくなっていたときも、まだうちにいたときも。

僕はずっと、家族に、言いたいことがある。

「……」

でもやっぱり、何も言えなかった。言いたいことほど口には出せない。

その代わり、涙が出た。

ぶわりと下瞼に溜まり、慌てて俯いたら、手の甲にしずくが落ちた。視界が歪み、目頭と喉に熱が集まる。唇が歪んで変な声が出た。泣くのなんて久しぶりだから泣き方がわからない。でも涙が出てくる。どうなってんだこれ。

ああ駄目だ。止まらない。涙が、止まらない。

「あ、蒼士」

珍しい姉ちゃんの焦った声が聞こえる。肩に手を置かれたから振り払った。僕は俯いたまま右手の甲で涙を拭う。全然間に合わなくて、次から次に泣けてくる。

「蒼士、どうしたの」

「誰の、せいだよ」

嗚咽《おえつ》に混ぜて呟いた。ひとつ吐き出してしまえば次も漏れてくる。

「全部、姉ちゃんのせいだよ」

そうだ。姉ちゃんのせいなんだ。

僕が夢も憧れも、自分の好きなものすらまともに抱けなくなったのは、姉ちゃんのせいだ。自分に素直に夢を追おうとする姉ちゃんと、それに猛反対する父さんを見てきたから。最終的に、離れていく家族の姿を間近で見てしまったから。

自由を、いけないことだと思った。親に従えば、何も悪いことは起きないんだと思った。僕さえ我儘を言わなければ、もうこれ以上、家族はバラバラにならないと信じた。

そうやって今まで、必死にやってきたのに。

姉ちゃんが帰ってきて、僕を形作っていた、すべてが崩れた。

「好きになんて、言われたって、今さらできないのに」

——蒼士の思うように進めばいい。

父さんに言われたとき、足元の地面が突然消えたような心地がしたんだ。自分が唯一信じて歩いてきたものを奪われた。

僕の思うように、なんて、今さらそんなことを言われても遅すぎる。あまりに無責任じゃないか。僕はとっくに、自由な未来を描けない人間になってしまったというのに。

父さんも母さんも、僕には何もしていないと思っているんだ。姉ちゃんには謝ったくせに、僕のことはちっとも気にかけていない。小さい頃から僕がどんな思いでいたか。どんな目で家族の姿を見ていたか。みんなのせいで僕が何を諦めたのか。家族は誰も、知らない。

「みんな、少しも、僕のこと考えてくれない」

誰も、僕のことなんて。

「蒼士!」

椅子を倒して立ち上がり、部屋を飛び出した。そのまま階段を駆け下りる。

「あおしくん?」

椅子の音を聞きつけたのか、たまたまか、麦が階段の下にいた。丸い目が僕を見上げていた。

僕は一瞬はっとしたけれど、すぐに目を逸らし、麦の横を通り過ぎて玄関を出た。スニーカーの踵を踏んづけたまま、走れるところまでひたすら走った。


マフラーもコートも身に着けず、馬鹿みたいにぐしゃぐしゃな顔で泣いている。おやつどきの公園のベンチにいる人間としては、かなり怪しい類だと、自分でも薄々感づいている。ただ、遠巻きに見られはしても、通報まではされなかった。もしかしたら、僕がおじさんだったらおまわりさんを呼ばれていたかもしれない。高校生でよかったと心底思う。

正直言って、恥ずかしかった。こんな公衆の面前でひとりで泣いて、恥さらしにもほどがある。そのうえ寒くて死にそうだ。家に帰りたい。帰れるわけもない。

「……」

ずずっと洟を啜った。涙が尽きてきたのか、ようやく落ち着いてきた。僕はトレーナーの袖口で涙を拭く。どちらの袖も、すっかりびしょ濡れになっている。鼻が鼻水で詰まっているから口で大きく呼吸をした。何度目かの深呼吸で、息を吐き出すのと同時に背中を丸めた。

情けなくて、仕方なかった。かっこ悪すぎる。今の僕は、世界かっこ悪い番付で上位入賞できるはず。

「うぅ……」

何を言ったか、あんまり覚えていない。でも、結局言いたいことのほとんどを言えなかったことはわかっている。なら黙っていたらいいのに、中途半端に零して、惨めに泣いて、逃げ出してしまった。

本当は、わかっているんだ。全部姉ちゃんのせいなんかじゃない。僕自身のせいなんだって。

弱くて、何もかもを人のせいにしていた僕のせい。僕は、自分の意見を言えなかったんじゃない。何も言わないで、安全な場所にいただけだ。

父さんの言うとおりにしなくちゃと。姉ちゃんのようにはなれないと。そうやって、自分が一番楽な道を選んできた。自分の考えを貫き通す強さを、僕が持っていなかっただけだ。

自由っていうのは、誰にも守られていないということでもあるから。僕は他人に守られた場所でぬくぬくと生きていた。自分で自由を選ぶことに、怖気づいていただけだったのだ。

「……ダサすぎ」

姉ちゃんが帰ってきて、少しずつ、それに気づかされた。とっくに気づいているのに、気づくのが怖くて、癇癪を起こした。

麦をガキ扱いしていたくせに。本当のガキはどっちだ。

僕は少しも変わっていない。小学生のときから、何ひとつ成長していない。蹲《うずくま》っているだけの、何もできない、弱虫なガキだ。

「あおしくん！」

はっと顔を上げた。振り向くと、公園の入り口から麦と――麦に手を引かれた姉ちゃんが、こちらに向かって走ってきていた。

「……麦？」

「あおしくん！　いきてた！　よかったあ！」

麦はぱっと姉ちゃんの手を離し、ひとりで僕に駆け寄ってくる。僕の存在を確かめるように腰にぎゅうっと抱きついて、それから自分の首に巻いていたグレーのマフラーを僕の首に巻いた。

「ばあばがもってけって。あおしくん、さむいのに、もってかなかったから」

「……あ、ありがと」

「あのね、あおしくん、なかないでね。だいじょうぶだよ。麦がちゃんと、ママをおこっといたからね。もうめちゃくちゃおこった。麦ならないちゃうくらい」

麦が言葉どおりのむくれた顔で、ついと視線を移した。数歩離れたところに、ばつの悪い表情を浮かべた姉ちゃんが立っていた。

「ママが、あおしくんをなかせたんでしょ。麦はね、おはなしをきいたの。そしたら、ママがわるいって。だから麦、ママをおこったよ！」

麦は僕に拳を突き付けた。

大福よりも小さなその拳を、僕はきゅっと手のひらで包む。

「ありがとう麦。でも、悪いのは姉ちゃんじゃなくて、僕のほうなんだよ」

「え？　そうなの？」

「うん。僕が八つ当たりしただけ。姉ちゃんは悪くない」

「いや、違う。わたしだよ」

僕はもう一度顔を上げ、姉ちゃんを見た。

姉ちゃんは何度か視線を彷徨《さまよ》わせてから、親に叱られたときの子どもみたいな顔を、僕に向けた。

「あんたの言ったことさ、間違ってない。わたしや父さんたちのしたことで、あんたがどんだけ傷ついてきたか、考えたことなんてなかった。あんたの気持ちを、あまりにも蔑《ないがし》ろにしすぎたね。あんたが優しいから、わたしはずっと甘えてたんだと思う」

ごめんね、と姉ちゃんは言った。

僕はまた泣きそうになって、下唇をきつく噛んだ。

言いたいことは、言わなきゃいけないとわかったのに、今は何を言えばいいか、少しもわからない。

「蒼士なら、なんでも許して受け入れてくれるんじゃないかって、心のどっかで思っちゃってたんだ。でも、そんなわけないに決まってるよね。情けないよ。わたし、あんたのお姉ちゃんなのに」

「……」

「ごめんね」

姉ちゃんはもう一度謝って、僕の頭に手を置いた。僕の背が伸びた今になっても、姉ちゃんの手を大きく感じる。

なんと答えればいいだろう。許していいのか、それとも突っぱねたほうがいいのか。今の僕は、何を考えているのだろう。

「……それでさ」

と、姉ちゃんが言う。

「今まであんたにしたことは、謝るしかないけど。あんたが言ってたこと、ちょっと考えて。ここに来るまでに麦と、話してさ」

姉ちゃんの視線がほんの一瞬麦に向いた。それからすぐに僕へ戻る。表情は、少しだけ柔らかくなっていた。あんまり見たことがない、でも、ごくたまに見ていた、お姉ちゃんらしくあるときの顔つきだった。

「やっぱりわたしたち、あの家を出て行こうかなって」

「……え?」

「麦が懐いてるから、遊びには行くけど。一緒には暮らさないほうが、あんたにとっては一番いいんじゃないかって思うんだ。極端なやり方だけど、手っ取り早いし、簡単だし」

僕は、口をぽかりと開けてあほ面を浮かべた。姉ちゃんの表情は変わらない。そっと麦のほうを見る。麦は、眉間に皺を寄せ、唇を真一文字に引き結んで僕を見上げていた。顔が見る見るうちに赤くなっていく。泣くのを我慢している顔だ。でも泣かず、文句も言わず、僕を見ている。

「もちろん今度はちゃんとお父さんたちに挨拶をして出て行くよ。麦も、それが蒼士のためになるなら、そうするって」

うちを離れ、以前のようにふたりだけで生きていくと。僕の家が、僕にとって一番いい環境であるように。

僕のために？

「麦、いいの？」

訊ねると、麦はものすごく躊躇いながらも頷いた。口を開けば泣いてしまうからだろうか、ずっと口を噤んでいるから何も言わない。ぷくりと膨れたほっぺたが震え、下瞼には薄っすら涙が溜まっていた。ほんの少しつつけばあっという間に溢れてしまいそうだった。涙も、麦の本音も。

こんなチビが、まるで僕みたいに、言いたいことを我慢して、自分の中に溜め込んでいる。

僕と違って、何も言わなくても、まるきり本心が漏れているけれど。

「ぶふぅっ」

僕は、両手で思いっきり麦のほっぺたを潰した。麦がタコみたいな口をして空気を噴き出した。

「ぶはっ、変な顔。ブサイクだなあ」

「う、ぅむむ、むゆうゆ？」

「ふふ、何を言ってるか全然わからん」

麦の間抜け面が可笑《おか》しかった。ふつり、ふつりと、さっきまで針の刺さっていた場所から笑いが込み上げている。なんだろう、心臓のあたりが熱い。

「あおひくん、はなひて」

「ごめんごめん」

「もう、麦、ぶさいくとちがう！　かわいいっていって！」

「かわいい。それにかっこいい、でしょ」

「あおしくんは、わかってるなあ」

偉そうに腕を組みながら麦は深く頷く。

僕は顔を伏せて、最後にひとつだけ溢れた涙を拭った。生温い息を吐く。乾燥した指先に、ささくれができている。

麦の存在に、なぜか、ほっとした。麦は僕の日々にとって異質なものだったはずなのに、日常が戻ってきたと、そう感じてしまう。

家族が、変わった。僕の日常も変わった。変化は、いつか、当たり前になっていく。僕も、変わらなきゃいけないことは、とっくにわかっている。

「姉ちゃんはさ」

僕は言う。

「いつも自分の決めたことに人を巻き込む。それ、よくないよ。昔から思ってたけど。本当に」

本当に。僕が悪いって言ったけれど、やっぱり姉ちゃんも悪いかもしれない。

「だから、ごめんて。だからさ」

「いいよ、出て行く必要ない」

「いいの？」

姉ちゃんより先に麦が反応した。麦の目は涙と期待できらきらしている。

「うん。いいよ。てかおまえ、全然出て行く気ないだろ」

「そうだよ！　やったあ！　うれしくておどっちゃう！　ママ！」

「……蒼士、あんたの昔からのよくないとこは人に意見を合わせるところだよ。麦のためにそう言ってるんだったらその気遣いはいらない。麦を気遣うのはわたしの役目だから」

冷静に姉ちゃんが答える傍らで、その言葉を理解しきれていない麦が早速踊り始めていた。

僕は首を横に振る。

「違うよ。僕の本音。ていうか、家にいていいからって、別に今までのこと全部をいいよって言ってるわけじゃない。姉ちゃんが父さんに言ったみたいに、僕だって許せないけど」

「うん」

「それよりも、やり直すべきだって思うんだ。いや、やり直すんじゃなくて、新しく始めるのかな。僕のためって思うならなおさら」

「何を？」

「家族」

これからも、一緒に生きていくのなら。僕ら不器用で下手くそな家族、もう一度集まって、あの家で、話をしなければいけない。

みんなが相手の話を聞けるまで。そして、みんなが自分の話をできるまで。

「家族、か」

「僕らは一緒にいるだけで、向いてる方向がバラバラだった。だから駄目なんだ。家族だからって分かり合えるわけじゃないけど、でも僕らは、ちゃんと話をしたら、なんか、やっていけるような気がする」

「うん」

「あのときは、できなかったけど。たぶん今なら。今だから、始められると思う」

受け入れられること、そうじゃないこと。自分の考え、相手の考え。僕たちはぶつけるか閉ざすかばかりで、向き合う時間を作らなかった。だからもう一度繋げ直して、始めないといけない。不安定で、歪で、そのせいでバラバラになった家族の形を。

これからの未来も、僕ら、なんだかんだで一緒に、笑えるように。

「そうかもね」

姉ちゃんは少し俯いて、小さく笑った。

麦が空に向かって大きなジャンプをした。

仲直りをしたのだから、その印として手を繋がなければいけない。手を繋いで家まで帰ろう。

麦にそう言われたが、さすがに十七歳にもなって姉ちゃんと往来でそんなことをする勇気はない。妥協案として、姉ちゃんと僕の間に麦を挟み、麦と手を繋ぐことになった。宇宙人捕獲の図である。

「あおしくんと、ばあばとじいじと、ずっといっしょ。うれしいなあ」

麦はさっきからそればかりを繰り返していた。そろそろさっきの出来事が恥ずかしくなってきたからもうやめてほしいと思うのだが、人の話を聞かないところは姉ちゃんそっくりだ。やめてと言ったところで麦がやめてくれるはずがない。

「麦、やめて」

でも僕も、少しは成長しようと、思ったことを言ってみた。麦は、返事も何もなく「うれしいなあ」と繰り返した。諦めることもやっぱり大事だなと、僕は思う。

「ねえ麦、今日の夜ごはんなんだと思う?」

意識を逸らさせるためだろうか、姉ちゃんが質問した。

「えっとねえ、やきいも」

姉ちゃんの策に嵌まった麦が答えた。

「焼き芋かあ。何年も食べてないな。蒼士、まだここら辺って石焼き芋くる?」

「くるよ。もうちょい寒くなったら回るんじゃない？」

「じゃあ麦、今日の夜は焼き芋じゃないかもしれないけど、もっと寒くなったら美味しい石焼き芋屋さん捕まえて、たらふく食べよう」

「たらふくたべよう！」

麦が両手を突き出すから、手を繋いでいる僕らの腕も引っ張られる。家までの道をのんびりと歩いていく。今日の夕飯はなんだろうなんて、のんきなことを考える。

「楓？」

声がした。最初に姉ちゃんが足を止めた。

僕と麦も立ち止まる。道の先に、どこか見覚えのある女性が立っている。

「璃子」

と、姉ちゃんが名前を呼んだ。その名前を聞いて、僕もああ、と思い出す。姉ちゃんを演劇の道に誘った、友達の名前だった。璃子ちゃん。

「うそ、楓、久しぶり。こっちに戻ってたの？」

「うん。二ヶ月くらい前に」

璃子ちゃんはぱあっと笑みを浮かべ、こちらに駆け寄ってきた。

僕の知る璃子ちゃんより随分大人になっていて、化粧もしているからか、まるで違う人のように感じた。それでもよく見れば、表情や話し方は、やっぱり以前の璃子ちゃんのままだ。

「もう楓、どこで何してたの？　何年か前から全然連絡付かなくなっちゃって、わたし本当に心配してたんだからね。噂で、東京の劇団もやめたって聞いたし」

「ごめん。ちょっと、いろいろあってさ」

姉ちゃんがへらっと苦笑いをする。

そのとき、璃子ちゃんの目が僕に向き、そのまま麦へと移った。麦はまん丸の目を何度か瞬かせながら、璃子ちゃんを見上げていた。

「この子」

璃子ちゃんが呟く。

「うん。わたしの子ども。この子が出来て、劇団も、演劇もやめたの」

「子ども……楓の？」

「言わなくてごめん。璃子は東京に行くこと応援してくれてたから、言いづらくて」

「いや……ううん。わたしこそ、話聞いてあげられなくてごめんね」

璃子ちゃんは麦に笑いかけ、頭を撫でてから、視線を姉ちゃんに戻した。

「楓、今はこっちに住んでるの？」

「うん。実家にいる」

「何か仕事とか、習い事してる？」

「平日の昼間にパートに出てる。やってるのはそれくらい」

「そう」

何か考え込むように璃子ちゃんは目を伏せる。

ほんの少しの間のあと、「わたしさ」と続けた。

「会社勤めしながら、小さい劇団で舞台に立ってるんだ。うちの劇団、わたしみたいに仕事の合間にやってる人も、子育てしてる人たちもいる。本業にするほど本格的じゃないけど、みんな熱心に取り組んでて、やりがい持ってやれるところだよ」

璃子ちゃんはそう言って、姉ちゃんに右手を差し出した。

「楓、よかったら、うちに入らない？」

僕は驚いて息を吸った。横目で姉ちゃんを見る。

姉ちゃんは表情を変えていなかった。ふるりと、悩む様子もなく首を横に振った。

「誘ってくれて嬉しいけど。わたしもう、演劇はやらないんだ」

「……そう。そっか」

璃子ちゃんは腕を下ろして微笑む。

「でも、もしやりたくなったらいつでも言って」

「うん。ありがとう」

「あ、娘ちゃんの名前何？」

「麦」

「ふふ、可愛い名前。麦ちゃん、またね」

「またね」

手を振って璃子ちゃんと別れた。家までの短い道のり、僕は姉ちゃんの横顔を盗み見ていたけれど、いつもどおりの澄ました顔をしているだけで、なんとも思っている様子はなかった。

姉ちゃん、本当に演劇をやめたの？

今ここでそう訊ねる勇気は、さすがにまだ持てなかった。

◆

姉ちゃんは演劇をやめたと言っていた。

もうやらないとも言った。璃子ちゃんの誘いも迷わず断ったから、姉ちゃんの気持ちは言葉どおりなのだろうと僕は思っていた。

けれどそうではないことを知った。姉ちゃんの部屋で——六年半かけてほとんど僕の物置にしていた部屋で、姉ちゃんが、昔使っていた舞台の台本を読んでいるのを見てしまったから。

姉ちゃんは、親に内緒で劇団の練習に参加していたとき、それがばれないようにと、台本を僕の部屋に隠していた。だから僕の部屋には舞台の台本が何冊も置き去りにされていた。

僕にとってはもともと必要のないものだったけれど、姉ちゃんが出て行ってから余計に不要に、それでいて処分しづらいものになったそれらを、ガラクタと一緒に段ボールに詰めて姉ちゃんの部屋に保管していた。

姉ちゃんがうちに来てすぐの頃、その段ボール箱が開けられて、台本が外に出されているのを見たことがあった。そのときは、たまたま開けて、たまたま本を見つけて、懐かしさに取り出してみただけかもしれないと思っていた。

でも、すでにくたくただった台本を、時間をかけて読んでいるのを見てしまったとき、姉ちゃんは本心ではまだ演劇に未練があるのだろうと気づいた。

東京に行って劇団に入ったあと、何があったのか。わからないが、望んで演劇をやめたわけではないのなら……姉ちゃんの夢は今、一体どこにあるのだろう。

父さんが単身赴任先から帰ってきて、久しぶりに家族五人が揃う日。

夕食をとったあとの居間にみんなが集まっているこの時間に、話をしようって、僕は前から決めていた。

いつもどおりに食事をして、麦の号令でごちそうさまをしたところで、

「あのさ」

と、食事の片づけをしようとしていた姉ちゃんを呼び止めた。怪訝《けげん》そうに振り返った姉ちゃんは、僕の表情を見てか、皿を置いてから向き直る。

「何？」

「劇団、入ったら？」

思いがけない話だったのだろうか、姉ちゃんは眉を寄せた。

唐突だったのは自覚している。でも僕は今日、家族みんなでこの話をしようと決めていたのだ。

話をしなければいけない。余計な前置きなんてなしで、大事な話を。

「何、あんた急に」

「急じゃないよ。姉ちゃんだって、たぶん、ずっと考えてたでしょ」

「わたしもう演劇はやめたって言ったじゃん」

「やめたとは言ってたけどさ、やりたくないわけじゃないよね」

姉ちゃんが、開きかけた口を閉じた。

「蒼士」と父さんが言う。麦がその横で大人しく座りながら不思議そうに僕らを見上げている。

「なんのことだ？」

「実はこないだ、璃子ちゃんに会ってさ。璃子ちゃん、劇団に所属して、趣味で演劇続けてるんだって。それで、姉ちゃんも誘われたんだ」

でも姉ちゃんはその誘いを断ったのだと、父さんと母さんに話した。加えて、たぶん姉ちゃんは、今も演劇に興味があって、演劇が好きなんだってことも。

「姉ちゃん、文化祭のとき演劇部の舞台観てたし。昔の台本も読んでたりするよね」

「……それは、暇だっただけだよ」

「なんでわざわざ興味ないふりするのさ。璃子ちゃんみたいに働きながらだってできるし、やりたいならなんだってやればいいのに。姉ちゃんがよく言ってたことじゃん」

「あのときとは違う。それに、わたしは」

「楓」

父さんが呼んだ。僕らは揃って振り返る。

反射的に体が強張ってしまったが、父さんの表情は怒ってはいなかった。

「そろそろ話してくれてもいいんじゃないか」

父さんが言う。

僕はちらりと姉ちゃんを見た。そのとき僕は初めて、似ていると、思ってしまった。姉ちゃんの表情が僕に似ていた。話したいことがあるけれど、言えない。ずっとひとりで抱えたまま考え続けていることがある。そんな顔。

僕が、鏡の中でよく見ていたのと同じ顔が、そこにある。

「……そうだよね」

姉ちゃんは一度項垂れてから顔を上げた。もう僕と似た表情ではなかった。腹を括ったみたいに見える。同時に、諦めたようにも見えたけれど。

「ずっと言わなくてごめん」

姉ちゃんは畳に座り直した。僕も正座をした。母さんが麦を呼び膝に乗せる。家族みんなで、円を描くように座る。

「くだらなくて、情けない話だよ」

姉ちゃんはそう切り出し、話し始める。

「この家を出たあと、東京に行ったの。お父さんたちにも言ったでしょう、紹介された、有名な劇団。そこに入ろうと思って」

正直言うと騙されてるんじゃないかとも思ってた、と姉ちゃんは言った。けれど実際そんなことはなく、そこは本物の老舗劇団であり、姉ちゃんはまっとうにオーディションを受け、そして合格した。

紹介はあくまで紹介でしかなく、劇団に入るには実力と将来性を認められる必要があった。姉ちゃんはそれを自分の力でクリアして、夢見ていた東京の劇団へ所属したのだ。

「必死に稽古に混ざってたら、すぐに初舞台を踏ませてもらえたんだ。それが上手くいったからか、そのあとはとんとん拍子で役を貰えるようになってさ。こっちでは才能があるって言ってもらえたけど、それがどこまで通用するかなって思ってたら、わたし本当にめちゃくちゃ才能あったみたいで」

自分で言って、姉ちゃんは子どもの頃に戻ったような悪戯《いたずら》っぽい笑みを浮かべる。「でもね」と続けたときには、大人の顔に戻っていたけれど。

「二十歳になったばっかりの頃、仕事で一緒になった演出家の人と付き合い始めた。

二十近くも年上の人だけど、考えが若々しくて、演劇論を語り合ってくれてね。わたしの才能を誰より認めてくれてた。だからわたし、その人のことがすごく好きだった。けどね、その恋、不倫だったんだ」

不倫。という言葉は、僕には衝撃的だった。母さんも硬い表情になっていた。父さんは……噴火直前の真っ赤な顔で、どうにか耐えているようだった。和解前ならとっくに噴火していただろう。

姉ちゃんも、父さんを見て、薄っすら口元だけで笑った。

「弁解だけさせてもらうと、その人、仕事関係の人たちに結婚してることを隠してたから、わたしも既婚者だって知らなかったんだよ。でもね、もう十年以上も前から結婚してて、その相手が、わたしも憧れてた、人気の舞台女優さんだった。付き合って一年くらいのときに奥さんに関係がばれて、そこで初めて彼が結婚してたことと相手を知ったの。だから慰謝料とかは求められなかったけど、彼に二度と近づかないことと、それから今すぐ劇団をやめることを約束させられた」

無意識だろうか、話しながら姉ちゃんの視線はゆっくりと下がっていく。掻いたあぐらの上に置かれた両手は、きつく握り締められている。

「わたしが約束しなくても、影響力のある役者さんだったから、あっという間に話が広まって、あっという間にわたしは表舞台に立てなくなったよ。ちょうどそのとき、お腹に子どもがいることがわかった。そのことを相手にも言えずに、わたしは劇団をやめて、ひとりで子どもを産んだんだ」

そして、麦が生まれた。

姉ちゃんの視線が麦へと向いた。大人の話をよく聞いている子だが、さすがに今の話の内容は理解していないようで、母さんの膝の上できょとんとした顔をしている。

姉ちゃんが手を伸ばして鼻をくすぐると、きゃあっと声を上げて喜んだ。姉ちゃんの目は、母親のものだった。僕に向けるものとも、父さんと母さんに向けるものとも違う。

「それからは必死で働いたよ。麦を育てていかなくちゃいけないからさ、仕事掛け持ちして、絶対麦に苦労させない、不自由させないぞって思って。わたしって要領いいから、やったことない仕事でも結構うまくやれてさ。だから、お金にはすごく困ったわけじゃない」

でもね、と、姉ちゃんは静かに呟いた。

「あるとき夜中に、寝てたはずの麦がばって起きて、わたしに抱きついてわんわん泣いたの。行かないで、ずっと一緒にいてって。それで気づいたんだ。今のままじゃ駄目なんだって。わたし今、麦に寂しい思いをさせちゃってるんだって」

覚えてる？　と姉ちゃんは麦に訊いた。麦ははにかみながら「わかんない」と答えた。母さんが麦の前髪を搔き分ける。うちに来てから、麦がそんなふうに泣いたことは一度もない。

「だから、帰ろうと思ったんだ。もうわたしがお父さんたちにどう思われたっていいから、麦が寂しくないように、いつも家族が一緒にいられるようにしようって」

そして姉ちゃんはこの家に帰ってきたのだった。

夏休みが終わった直後のまだ蒸し暑い九月。突然麦を連れて、かつて捨てたこの家に現れた。

麦とふたりで。

「そしたら、麦が楽しそうにしててさ。わたしも安心しちゃって、気が抜けて、今まで忙しさで考えられもしなかったこと、いろいろと考えるようになったんだ。いつか描いていた夢とか、実際に立っていた、舞台の上のこととか。今のわたしは何をしてるんだろうって、ぼんやりと思うようにもなっちゃった」

姉ちゃんはそこで話を区切り、細長く息を吐いた。

長い沈黙が続く。しばらく、誰も話さなかった。麦だけがみんなの様子をしきりに窺って、何が起きているのかと首を傾げていた。

「自分のせいだよ」

と、ふたたび小さな声が言う。

「浮かれて、馬鹿なことして、お父さんに啖呵切って出て行ったくせに、結局何も叶えることができなかった」

姉ちゃんは下を向いていた。伸びた髪が顔にかかっていて、どんな表情で思いを吐き出しているのか、僕は知ることができない。

ただ、いつだって大きく眩しく見えていた姉ちゃんが、今はとても小さく感じた。思っていたよりもずっと、姉ちゃんの肩が華奢なことに気づいた。

「もし、あのときに戻ってやり直せるなら、全部、やり直したい」

誰に言うでもなく、ひとりごとみたいに、姉ちゃんは言った。

また部屋の中が静かになる。

誰かの呼吸の音がしていた。僕の心臓の音もしていた。自分でも驚くくらい、僕の鼓動は穏やかだった。

いろんなことを思い出す。嫌いだった父さんと姉ちゃんの喧嘩。姉ちゃんを助けない母さん。姉ちゃんが家を出て行った日。僕に、夢を語った日。

何も怖いものなんてないみたいな顔で、笑っていた、あのときの姉ちゃん。

「やり直したいなら、やり直せばいいよ」

姉ちゃんが顔を上げた。くっきりとした二重の目が向けられていた。

「母さんと父さんも……まあ一応、僕もいるから。璃子ちゃんの劇団に入ることもできるし、なんなら、麦をうちに預けてひとりで東京に戻ることだってできる。人気の女優さんに裏工作されたところで、姉ちゃんに実力があるなら、絶対に今からだって役者としてやり直すことはできるはずでしょ」

「……」

「一回失敗したくらいどうってことないよ。ねえ、姉ちゃん」

僕は真っ直ぐに、姉ちゃんに問いかける。

「姉ちゃんが今、本当にやりたいことって何？」

――わたしは、わたしのやりたいことをやる。

かつての姉ちゃんはそう言っていた。今もその思いは変わっていないはずだ。

そして僕は……僕らは、姉ちゃんの思いを支える準備ができている。今なら。

「わたしは」

姉ちゃんが呟いた。

姉ちゃんは大きな目を見開いて、僕から父さんへ、父さんから母さんへ、視線を移していく。

そして、最後に、麦を見た。

姉ちゃんの、飴玉みたいな丸い目から、ぽろりと、涙が落ちた。

「麦と、一緒がいい」

姉ちゃんの顔がどんどん歪み、目からいっぱい涙が溢れる。父さんにどれほど夢を否定されても涙を落とさなかった姉ちゃんが、今はぼろぼろと、馬鹿みたいに泣いている。

「麦と一緒じゃなきゃやだ。芝居は、好きだけど、わたしの一番は、麦がお腹にいるってわかったときから麦なんだよ。あの頃に戻ってやり直せたって、絶対に麦を生んで、麦と出会うよ。そうじゃない人生なんて、わたしの人生じゃない」

吐き出されたそれは、一番に大事な、姉ちゃんの本当の心の声だったんだろう。

麦と一緒に生きたい。その思いひとつで、たったひとりで子どもを産んで、好きではない仕事をして、もう二度と戻らないと決めていたはずのこの家に、自分の決意を曲げてまで、帰ってきたんだ。

全部麦のため。大切なものは、とっくにわかっていた。

「うわあああん！」

姉ちゃんは顔を上げて、大声を上げて、子どものようにわんわん泣いた。

それにつられて僕も泣いた。母さんと父さんも貰い泣きしていて、麦だけが、丸い目を瞬いていた。

「みんな、どうしたの？　なかないで」

麦が立ち上がり、僕らの間をくるくると回りながら、みんなの頭を撫でていく。

「麦っ、うぅう……ごめんね、これからだってずっと一緒だから。麦さえいればママはなんだってできるから」

姉ちゃんが麦にしがみつく。

「ママ、いっぱいないてる。かなしいの？」

「……悲しいんじゃない。これは、頑張るっていう、涙」

「そういうのもあるんだね」

やけにのんきに麦は言って、自分にしがみつく姉ちゃんの頭をぎゅっと抱き締めた。

「なかないでいいよ。麦もぜったい、みんなといっしょにいるからね」

だからだいじょうぶと、麦は言った。

誰より頼もしい麦の姿に、僕らは思わず噴き出してしまった。顔を涙でぐしゃぐしゃにしながら、家族全員同じように笑っていた。

ああ、麦の言うとおり、もう大丈夫だと、僕は思う。

僕らはきっと大丈夫だ。

家族だからって、なんでも分かり合えるわけじゃない。衝突することもある。理解しきれないこともある。でも僕たちは、反発しながらも、手を取り合ってやっていけると思うんだ。

この家を、居場所に。そして帰る場所に。もしも遠くに離れても、繋がっていられる、そんな家族に、きっとこれからはなれるんじゃないか。根拠なんてなくても、どうしてかそう信じられた。

今日から、これから先の日々は、僕らの未来は、きっと。

◆

「あおしくん、おはよー！」

「ぐええ！」

「あさだよ、あははは！」

ものすごく素敵な夢を見ていたのに、麦の襲撃を受けて目を覚ました。ワニタロウを抱えた麦が、僕の貧弱なお腹に馬乗りになって悪役みたいに笑っている。

「起こすなら優しく起こせって何回も言ってるだろ!」

「だってあおしくん、おきないもん。だからママが、げんきいっぱいおこしてあげなさいって」

「せめて大声出す程度の元気にしてくれよ」

僕は麦を転がして、体を起こして両腕を伸ばした。スマートフォンのアラームが鳴る。昨日の寝る前に七時に設定した目覚ましだ。

今日は日曜。でも出かける用事があるから、目覚ましを掛けていた。その目覚ましよりも先に麦に起こされてしまったわけだけれど。

「あおしくん、あさごはんできてるから、はやくいくよ」

すでに部屋を出た麦が廊下の向こうから呼んでいる。

「はいはい、すぐ行くよ」

僕は大あくびをしてからベッドを下りた。一緒に寝ていたモルちゃんが変なところに転がっていたから、枕の上に寝かせ、掛布団を掛けてあげた。

一階に下りると、家族みんなが居間に集まっていた。食卓には五人分の朝食が並んでいる。和食が四人分。麦の分だけオムレツとウインナー。オムレツはちょっと形が悪いから姉ちゃんが作ったものだろう。最近姉ちゃんは麦の朝ごはん作りに凝っているらしい。

僕と麦が定位置に座ると、麦の号令でいただきますをした。最初に食べただし巻き卵は、庭で採れたほうれん草入りだった。

「あのね、きょうね、ママとあおしくんと、きよたかくんと、きよたかくんのおとーとと、すいぞくかんいくんだよ」

オムレツのケチャップで口のまわりを汚した麦が言う。

「いいなあ。じいじも行きたいなあ」

「あなたは今日戻らなきゃいけないんだから駄目ですよ」

気持ち悪い甘えた声を出す父さんに、母さんがぴしゃりと言う。それを見た麦がからからと笑う。

「じいじにおみやげかってくるね。じいじが、つぎかえってきたら、プレゼントしてあげる」

「それは楽しみだな。すぐ帰ってこなくちゃ」

麦と向かい合って目を細める父さんを見ながら、本当にすぐに帰ってきそうだなと僕は思っていた。なんなら、そろそろ単身赴任自体やめてしまいそうだ。近頃の父さんは、融通の利かない頑固オヤジの面影はどこへやら、孫にメロメロの甘やかし放題じいちゃんへと成り果てているから。

「ごちそうさま！　じゅんびしなきゃ！」

一番に食べ終わった麦が、フォークを置いて立ち上がる。

「麦ちゃん、その前におててとお口拭くよ」

一目散に廊下へ飛び出して行く麦を、母さんが追いかける。

「さてと、わたしも着替えて化粧しようかな」

二番目に食べ終わった姉ちゃんが、自分の皿と麦の皿を重ねて僕のそばに置いた。

「ちょっと、自分の皿くらい自分で片付けろよ」

「何着て行こっかな」

「おい！」

僕の声なんてまるで聞こえていないみたいに、姉ちゃんはしれっと居間を出て行った。僕はふんっと鼻を鳴らし、残っていたごはんを一気に掻き込んだ。

「まったく。どういう育て方したらあんなガキ大将みたいになるんだよ。親の顔が見てみたいわ」

「好きなだけ見ろ」

「ふふっ」

父さんが顔を寄せてくるから、米粒を噴き出しそうになった。

僕はお茶を飲み干し、三人分の食器を台所に運んでから、洗面所に顔を洗いに行く。

「あおしくん、麦のふく、これでいい？」

歯を磨いていると麦がやって来た。お気に入りのサロペットを持っている。

「うん。いいんじゃない？　動きやすそうだし」

「じゃこれにする。あおしくんは？」

「蒼士くんは迷うほど服持ってないから、なんか適当なものを着るよ」

「ふうん。麦のふくかしてあげようか？」

「気持ちだけ貰っとく」

しっしと手で追い払うと、麦はなぜか楽しそうな声を上げて走っていった。

僕はせっせと身支度を済ませ、あんまり荷物を持とうとしない姉ちゃんの代わりに麦の必需品を詰めたバッグを持ち、一階に下りる。

「あ、蒼士。帰りにスーパーでおつかいしてきて」

下りた途端に母さんに声を掛けられた。僕は「ええ？」と不満の声を漏らしてしまった。

「帰りなんて絶対疲れてるのに……」

「行きたくないなら、夜ごはんのおかずがなくなるだけだからいいけど」

「わかったよ」

にこっと笑う母さんから買い物のメモを受け取り、ポケットに入れる。

間もなくインターフォンが鳴った。戸を開けると清高たちがいた。麦と同い年の清高の弟は、うちに来るのも麦に会うのも初めてだからちょっと緊張しているのか、清高の後ろに隠れ、こっそりとこちらを見ている。

「おはよ蒼士。今日よろしくな」

「うん、おはよ。こっちこそ、うるさいのがいるけどよろしく」

「きよたかくんきた！　おーい！　おはよー！」

うるさいのが廊下の奥からやってくる。清高の弟が、完全に清高を壁にして隠れてしまう。

「麦、ビビらせるな。礼儀正しくご挨拶」

「はい！　はじめまして、真山麦です！」

麦がお辞儀をすると、清高の弟もおずおずと顔を出してお辞儀をした。僕と清高は目を合わせて笑う。

「さ、じゃあ出発しようか」

姉ちゃんもやってきた。麦はもう靴を履いて、清高の弟と手を繋いでいた。

「お母さん、お父さん。いってくるね」

「いってらっしゃい。気を付けてね」

「うん」

手を振って、みんなで玄関を出る。空は快晴で、朝の太陽がのんびり僕らを見下ろしている。

「麦、今日もいい日になるといいね」

姉ちゃんが、麦の頭を撫でながら言った。

「うん、そうだね！」

麦が、元気いっぱいに返事をした。

今日もいい日になるといいな、と、僕も思う。

特別でもない、何気ない今日の日。ただただ平凡で、ちょっと空に向かって微笑みたくなるような、恥ずかしいことをしたくなる、こんな日。

「あおしくん、はやく！」

「わかってるよ」

小さな麦は、いつか忘れてしまうのだろう。まあそれでもいい。忘れたとしても、このじゃじゃ馬が今よりもっと姉ちゃんそっくりになったときに、僕が教えてやろうじゃないか。

こんな些細な日々のことを、今が思い出になった頃。

そう、たとえば十年後。

きみに、今日の話をしよう。

ファン文庫Tears

10年後、きみに今日の話をしよう。

2022年10月31日　初版第1刷発行

著　者　　沖田円

発行者　　滝口直樹
編　集　　株式会社イマーゴ
発行所　　株式会社マイナビ出版
〒101-0003
東京都千代田区一ツ橋二丁目6番3号 一ツ橋ビル 2F
TEL 0480-38-6872（注文専用ダイヤル）
TEL 03-3556-2731（販売部）
TEL 03-3556-2735（編集部）
https://book.mynavi.jp/

イラスト　ふすい
カバーデザイン　渡邊民人（TYPEFACE）
DTP　AIRE Design
本文フォーマット　石川健太郎（マイナビ出版）
印刷・製本　中央精版印刷株式会社

ISBN978-4-8399-8144-0
Printed in Japan

定価はカバーに記載してあります。
乱丁・落丁についてのお問い合わせは、注文専用ダイヤル（0480-38-6872）、
電子メール（sas@mynavi.jp）までお願いいたします。

いつか奏でる恋のはなし

著者／櫻いいよ
イラスト／カズアキ

困っている人を放っておけない奏(かなで)は、ある日の帰り道、行きつけの喫茶店のバイト大学生、琉生(るい)が冬の公園で凍えているのを見かける。そこから奏と琉生、そして奏の幼馴染の清晴(きよはる)との奇妙な関係がスタートした。それぞれがそれぞれの過去を抱えながら――。ベストセラー作家櫻いいよが真正面から描く、大人の恋の物語。

この星で君と生きるための幾億の理由

著者／青海野 灰
イラスト／ふすい

高校二年生の漣（れん）は、父の転勤の都合で転校してきたばかりだが、クラスメイトと交流する気は一切ない。漣はある女の子との約束だけを心のよすがにして生きている。ある日の授業中、机の中に見覚えのない一冊のノートが入っているのに気付く。中身を確認しようと開くと、その瞬間目に飛び込んできたのは、「遺書」という文字だった。漣はノートの向こう側にいる誰かを救うため、シャーペンを手に取る……。